LES VOYAGEURS
Pendragon avant la guerre

Créé par D.J. MacHale
Écrit par Walter Sorrells

LES VOYAGEURS

Pendragon avant la guerre

Livre 2

Traduit de l'anglais (États-Unis) par Thomas Bauduret

éditions du
ROCHER

JEUNESSE

Titre original : *Pendragon Before the War : Book Two of the Travelers.*

La présente édition est publiée en accord avec l'auteur, représenté par Baror International Inc., Armonk, New York, USA.

Tous droits de reproduction, de traduction et d'adaptation réservés pour tous pays.

© D.J. MacHale, 2009.

© Éditions du Rocher, 2010, pour la traduction française.

ISBN : 978-2-268-06923-4

AJA KILLIAN

CHAPITRE 1

Les soldats en cuirasses entraînèrent Aja Killian derrière les portes noires du château, puis le long d'un grand couloir empli d'échos pour gagner une pièce immense – mais presque vide. À l'autre bout de cette vaste salle, un homme tout de noir vêtu se tenait à côté d'un grand trône de bois. Les soldats tirèrent Aja le long du sol de marbre froid et la jetèrent devant l'inconnu.

– À genoux devant le roi Hruth ! cria l'un d'entre eux.

– Baisse les yeux, rebelle ! lança un second.

Pendant qu'elle tentait de reprendre son équilibre, deux autres gardes entrèrent, traînant son ami Nak Adyms. Nak et Aja voyageaient ensemble dans une caravane de marchands afin de visiter la capitale de Qoom. Mais à peine avaient-ils atteint les portes de la ville qu'un groupe de soldats les avait capturés.

Aja leva les yeux sur l'homme, debout à côté du trône.

– Baisse les yeux ! cria à nouveau le garde.

Celui qu'ils appelaient le roi Hruth agita une main nonchalante.

– Peu importe. Vous pouvez me regarder si vous voulez.

Le roi était un homme grand et émacié, avec de longs cheveux noirs et des yeux d'un bleu très pâle. Ses vêtements, uniformément noirs, ne portaient pas le moindre signe de rang, si ce n'était une armoirie brodée sur son col – le symbole du royaume de Qoom. Il resta longtemps sans rien dire, à étudier Aja. Nak s'agenouilla à côté d'elle, mais le roi ne lui prêta pas la moindre attention.

– Vous m'étonnez, princesse Mara, finit-il par déclarer. Vous présenter à nos portes sous un déguisement aussi transparent ! Vous croyiez vraiment qu'on ne vous reconnaîtrait pas ?

– Je suis une commerçante de Rubik City, répondit-elle. Je m'appelle Aja Killian. J'apporte des marchandises pour les vendre aux habitants de cette ville.

Le roi Hruth eut un rire sec.

– Dis-lui, Nak ! insista-t-elle. Dis-lui que nous sommes des commerçants !

Pour la première fois, le roi Hruth sembla s'apercevoir de la présence du jeune homme.

– Est-ce vrai, Nak ? demanda-t-il. Est-elle venue pour vendre sa camelote aux gens de mon royaume ?

Nak se tourna vers Aja, puis se leva et rejeta ses cheveux en arrière. Ses boucles brunes en désordre retombaient sur ses yeux.

– Bien sûr que non, répondit-il. C'est la princesse Mara, la chef des rebelles.

Aja ouvrit de grands yeux.

– Hé ! s'écria-t-elle. Tu es censé être de *mon* côté. Tu as dit…

– Tu n'aurais peut-être pas dû me faire confiance, alors ? répondit Nak avec un sourire narquois.

Aja sentit la colère monter en elle. Avant qu'elle ait pu trouver une réponse appropriée, un cri terrifiant vrilla l'air. Il était difficile de dire d'où il provenait. On aurait cru qu'il s'élevait du sol de marbre. Quoi qu'il en soit, il lui donna la chair de poule. On aurait dit le hurlement d'un monstre.

– Mon Dieu, on dirait que la Bête a faim, déclara le roi Hruth. Qu'en penses-tu, Nak ?

– La Bête a toujours faim, répondit-il.

Le roi se tourna à nouveau vers Aja :

– Certains prétendent que je ne suis pas l'héritier légitime du trône de Qoom. Ils disent que ton petit frère, le prince Norvall, devrait se trouver à ma place. (Le roi posa sa main sur le trône à côté de lui, puis poussa un soupir.) C'est vrai que je commence à en avoir assez d'entendre toujours les mêmes arguments fastidieux. Il est temps d'y mettre un terme. Définitivement.

Les immenses portes de métal renforcé à l'arrière de la salle s'ouvrirent dans un bruit de tonnerre. Aja se retourna. Un grand soldat en armure fit son apparition. Dans ses bras, il tenait un garçon roux qui se débattait en hurlant. Aja estima qu'il devait avoir huit ou neuf ans. Et il lui était indéniablement familier.

– Laissez-le ! cria-t-elle.

Le roi leva un doigt. Alors s'éleva un grondement sinistre, comme si deux pierres frottaient l'une contre l'autre.

Un grand rectangle s'ouvrit peu à peu au centre de la pièce. Le soldat en armure y entraîna le garçon. Le bruit cessa et la trappe s'immobilisa. Le soldat tint le garçon suspendu au-dessus du vide.

Celui-ci hurla de terreur.

– Non ! Non ! Pitié ! Pourquoi faites-vous ça ?

– Pourquoi ? répondit le roi. Parce que tel est mon plaisir.

Sur ce, il claqua des mains. Le soldat lâcha le garçon. Sa bouche s'ouvrit sur un cri muet et ses yeux s'écarquillèrent. Puis il disparut, happé par les ténèbres.

Il y eut un choc étouffé, suivi d'un gémissement. Ce hurlement terrifiant s'éleva à nouveau.

– Envoyez des gardes dans le labyrinthe, ordonna le roi. Attachez ce garçon quelque part là-dessous. On verra combien de temps mettra la Bête pour le retrouver !

– Bien, votre majesté ! répondit le soldat.

Aja se tourna vers Nak et secoua la tête.

– Je n'aime pas ça, Nak. Je n'aime pas ça du tout.

– Hé, *moi*, je m'éclate ! répondit-il en riant.

Le roi se tourna vers l'un des deux autres soldats, claqua des doigts et désigna la trappe :

– Elle aussi.

Les gardes s'emparèrent d'Aja.

– J'en ai assez de ce petit jeu, Nak, rétorqua-t-elle. Il ne me plaît pas.

Le jeune garçon se contenta de hausser les épaules.

Aja leva son bras droit, s'attendant à voir apparaître le bracelet de contrôle qui lui permettrait de mettre fin à ce saut.

En vain.

Soudain inquiète, elle leva à nouveau la main. Sans résultat. Elle était entrée des milliers de fois dans ces rêves surnommés « sauts » que généraient les ordinateurs d'Utopias, et à chaque fois, le bracelet était apparu au moment où elle voulait revenir à la réalité. Elle leva la main une troisième fois.

Toujours rien. Ce n'était pas normal !

Deux soldats la prirent par les bras et l'entraînèrent vers la trappe béante. Une fois de plus, le hurlement à glacer le sang s'éleva des profondeurs du château.

– Ce labyrinthe est une sorte de puzzle, expliqua le roi Hruth, que j'ai conçu personnellement dans le simple but de me distraire.

Aja réussit à libérer sa main.

– Commande niveau un, mot de passe Z-X-E-quatre-sept-un, action : mettre fin au saut ! cria-t-elle.

Cette commande était une sécurité permettant de revenir à la réalité quoi qu'il arrive.

Et pourtant, il ne se passait toujours rien.

– Pour ton information, reprit le roi, ce labyrinthe a bel et bien une porte de sortie. Quiconque découvre le chemin qui y mène et réussit à s'échapper reçoit automatiquement le pardon royal. Il n'y a pas d'exception.

Les gardes s'emparèrent à nouveau du bras qu'Aja avait réussi à libérer et l'entraînèrent vers la trappe, s'arrêtant au bord du vide. Aja baissa les yeux pour voir un puits disparaissant dans des ténèbres impénétrables. Son estomac se serra. Les gardes la tenaient penchée en avant, et ses orteils dépassaient du bord de la trappe. S'ils la lâchaient, elle tomberait comme une pierre.

– Bien sûr, reprit le roi, l'honnêteté m'oblige à dire que, parmi tous ceux qu'on a jetés dans ce labyrinthe, nul n'en est jamais ressorti.

– Nak ! cria-t-elle avec colère. Nak, pas moyen de mettre fin à ce saut !

– Bonté divine ! répondit-il. Comme c'est étrange !

Mais son expression, feignant l'innocence, lui apprit qu'il en savait plus qu'il ne voulait l'admettre.

11

Ce fut la dernière chose qu'elle vit. L'un des gardes la poussa délicatement. Puis elle se retrouva à tomber dans le noir.

CHAPITRE 2

Sa chute lui parut infinie. Il n'y avait plus ni haut, ni bas, ni froid, ni chaud. Le néant. Elle attendit de toucher le fond. En vain. Il ne se passa rien du tout.

Puis Aja sentit qu'elle se réveillait. Non pas dans la pénombre d'un château glacial, mais dans une obscurité chaude et relaxante. Néanmoins, elle frissonnait encore.

Elle ouvrit les yeux et regarda autour d'elle. Elle était allongée dans son tube de saut habituel, reliée aux machines qui l'emmenaient dans les rêves ultra-réalistes que générait Utopias.

Elle s'assit lentement. Il y avait quelque chose qui n'allait pas, se dit-elle, perplexe. Ce qui s'était passé ne ressemblait à aucun des sauts qu'elle ait connu. En général, ceux-ci étaient simples et agréables. Un jeu, un petit scénario, une vignette historique. Ils étaient toujours réalistes et engageants. Puis lorsqu'on en avait assez, on y mettait fin. On y faisait du ski nautique, on sautait en parachute. Et une fois qu'on voulait tout arrêter il suffisait de lever le bras pour faire apparaître le bracelet. On appuyait sur le bouton de fin, et on revenait aussitôt à la réalité.

Mais ce saut-là était différent. Ce n'était pas un rêve – cela ressemblait davantage à un cauchemar. Et curieusement, elle ressentait toujours le froid mordant qui régnait dans le château du roi Hruth et l'avait glacée jusqu'à l'os.

Avec un sursaut de colère, elle se souvint de l'air entendu de Nak alors qu'on la jetait dans cette trappe donnant sur le labyrinthe. Elle se glissa hors du tube, puis poussa la porte de son poste. Nak Adyms se tenait dans l'entrée du cabinet d'à côté, un sourire prétentieux tartiné sur son visage comme pour lui signifier qu'il savait quelque chose qu'elle ignorait.

– Qu'as-tu fait ? demanda Aja.

– Chut, répondit-il. Pas si fort !

Son sourire se fana, et elle le toisa froidement.

– Tu m'as *menti*. Tu m'as dit qu'on partirait en tandem faire un voyage éducatif pour notre cours d'histoire et…

Il secoua la tête.

– Bon, d'accord, je ne t'ai pas dit toute la vérité. C'est une simulation. Un jeu. Un jeu que j'ai conçu. Mais il est basé sur des faits réels. Le roi Hruth a vraiment existé. Tu peux vérifier dans les fichiers historiques. Il avait bien fait construire un labyrinthe avec une bête féroce enfermée dedans, tout ça.

– Je n'aime pas les jeux, affirma Aja.

Elle l'aurait volontiers étranglé. Ses mains en tremblaient. Elle savait quel était son véritable but. Aja était la meilleure élève de toute leur école, mais Nak Adyms était deuxième. Et il ne pouvait pas le supporter. Il faisait tout pour lui démontrer qu'il était plus intelligent qu'elle.

– Mais ce n'est pas pour ça que je suis furieuse, reprit-elle. Je veux savoir pourquoi mon bracelet de contrôle n'a pas fonctionné.

Nak pencha la tête sur le côté d'un air intrigué.

– Quoi ?

– Ne fais pas l'innocent. Tu m'as très bien entendue. Lorsqu'on était encore là-bas, j'ai même ordonné une commande de niveau un pour revenir à la réalité, et ça n'a pas marché.

– Oh, oui, fit Nak d'une voix dépourvue d'expression. Je m'en souviens vaguement.

– Oh, arrête ! rétorqua-t-elle en tendant un doigt accusateur. J'ai vu ton petit air satisfait.

– Hé, ça m'amusait de te voir perdre la partie, c'est tout.

– *Perdre ?* Je ne perdais pas. Ça ne me plaisait pas, c'est tout.

– Allons, Aja, c'est un jeu. Le premier idiot venu comprendrait ça. Et le but, c'est d'entrer dans ce labyrinthe pour sauver le gamin. C'est comme ça qu'on gagne. Se faire capturer par les gardes et tout ça – ce n'est qu'une introduction.

– Eh bien, ton jeu a un sacré problème. Je n'ai jamais vu un bracelet de contrôle tomber en panne. Pour autant que je sache, ça n'est jamais arrivé !

– EO.

– Pardon ?

– Erreur d'Opérateur. Tu dois avoir fait une bêtise. Donné le mauvais mot de passe ou quelque chose comme ça.

– Nak, ne dis pas de bêtises. J'utilise mon mot de passe vingt fois par jour. Tu crois que je risque de l'oublier ?

Nak fit une grimace montrant qu'il n'en avait cure.

– Si ce n'est pas ça, alors le problème vient d'Utopias lui-même.

Elle secoua la tête.

– Les bracelets de contrôle sont reliés directement au code d'origine d'Utopias. Tout le monde a le droit de mettre fin à son saut quand il le désire. C'est le protocole de base, tu le sais très bien. Nak, ce doit être quelque chose que tu as fait. Il y a forcément un rapport avec la façon dont tu as programmé ton jeu.

Nak leva les yeux au ciel.

– Oh, alors maintenant, tu m'accuses d'avoir modifié le code d'origine !

– C'est impossible, tu le sais bien, rétorqua-t-elle.

Nak lui décocha un sourire énigmatique.

– Alors ce doit être *toi* qui as fait quelque chose qu'il ne fallait pas !

– Hein ?

– Enfin, voyons ! Combien de fois m'as-tu seriné que tout problème pouvait se résoudre de façon logique ? Eh bien, si ce n'est pas un bogue dans le code d'origine d'Utopias… j'en déduis que c'est forcément *toi* qui as commis une erreur.

Aja n'avait rien à répondre à ça. Il avait raison. Son raisonnement était d'une logique imparable.

Nak Adyms tourna les talons et se dirigea vers les ascenseurs situés au centre de la pyramide. Aja fronça les sourcils.

Le conseil de classe allait commencer dans dix minutes ! Comme elle était la première de sa promotion, elle se devait d'y assister pour diriger les débats. Et maintenant, elle était en retard.

16

***

Aja franchit en coup de vent la porte de l'école à dix-huit heures et trois minutes, puis fonça vers la salle de réunions, haletant comme si elle avait couru un marathon. Ce qui n'était pas si loin de la vérité. À son grand étonnement, la réunion n'avait pas encore commencé. En général, à son école, tout était minuté comme du papier à musique.

Elle descendit le couloir central au pas de course pour monter d'un bond sur la scène. Elle s'attendait à se faire gronder impitoyablement par Nillsin, la directrice, mais celle-ci se contenta de lui jeter un bref coup d'œil et de dire :

– Ah, te voilà !

Comme si son retard n'avait aucune importance.

La directrice était une grande femme aux cheveux gris, et dont les épaules légèrement voûtées trahissaient son âge respectable. Elle monta sur le podium :

– Allons, allons, on se calme !

Les enfants se turent peu à peu.

En général, Aja se chargeait de faire quelques annonces avant de donner la parole à Mme Nisslin. Mais aujourd'hui, la directrice ne la laissa pas ouvrir la bouche.

– Écoutez, je suis au courant des rumeurs qui circulent, dit-elle. Prenons donc un moment pour faire le point.

Des rumeurs ? Mais de quoi parlait-elle ?

– Un étudiant du premier niveau a disparu.

Des murmures s'élevèrent de la foule. Les ados échangèrent des regards nerveux.

– Il s'appelle Omni Calder. Pour ceux d'entre vous qui ne le connaîtraient pas…

Elle fit un geste en direction de l'holoprojecteur.

Apparut alors un hologramme flottant au milieu de la scène. Il représentait un jeune garçon roux au visage constellé de taches de rousseur. Aja le reconnut aussitôt. Il ressemblait trait pour trait au prince Norval – celui-là même qui, dans le jeu de Nak, avait été jeté dans le labyrinthe.

Dans ce château, il lui avait semblé familier. Maintenant, elle le remettait pour de bon : elle l'avait croisé une ou deux fois dans les couloirs de l'école. Il lui avait paru plutôt sympathique. Nak devait avoir trouvé un scan de ses traits pour faire de lui un personnage de son jeu.

– Omni est un bon garçon, reprit la directrice. Pour ceux qui ne le connaissent pas, son passé est assez trouble. Il a déjà fugué deux fois de l'école. Mais jamais si longtemps. Inutile de dire que nous nous inquiétons pour lui. Je vous demande d'ouvrir l'œil au cas où vous le verriez. S'il a parlé à l'un d'entre vous ou a donné une indication de l'endroit où il peut être allé, veuillez contacter immédiatement un de vos professeurs.

Dans toute la salle, les élèves acquiescèrent.

Étrange, se dit Aja. Le garçon avait disparu au moment même où son image se retrouvait dans un saut d'Utopias. Cependant, elle n'arrivait pas à y voir le moindre lien.

– Entre-temps, je voudrais que tous les résidents de Zetlin Hall passent le bâtiment au peigne fin. Je compte sur Aja Killian pour organiser les recherches.

Aja vit Nak au fond de la salle, les bras croisés, affalé sur son siège. Lorsque la directrice annonça qu'Aja serait chargée des recherches, il fronça légèrement les sourcils. *Serait-il encore plus jaloux de moi ?* En tant que première de la classe et de l'académie tout entière, on lui confiait pas mal de responsabilités – en général, des tâches dont elle se serait volontiers passée !

Il y eut encore quelques annonces, puis la directrice déclara :

– Voilà qui conclut le conseil. Que tous ceux qui habitent Zetlin Hall restent. (Puis elle se tourna vers Aja.) Je te laisse te charger de la suite, ma chère.

Aja se leva et attendit que tous soient sortis, sauf les résidents de Zetlin Hall.

– Mes amis, déclara-t-elle alors, autant faire vite et bien. Zetlin Hall a quatre étages et un sous-sol. (Elle désigna le projecteur holographique.) Holo, montre-nous un plan de Zetlin Hall.

En vain.

Elle répéta son ordre.

– Désolé, je ne reconnais pas vos instructions, fit le projecteur d'une voix condescendante et particulièrement agaçante.

Il y eut quelques petits rires moqueurs. Au fond de la salle, elle remarqua Nak Adyms qui posait une main sur sa bouche. Elle devint écarlate. Il y avait un problème avec le projecteur.

– Réinitialisation de l'holoprojecteur, dit-elle.

– Veuillez taper votre mot de passe.

Elle alla pianoter sur le clavier du projecteur.

– Mot de passe non reconnu, reprit la voix.

Des rires fusèrent dans la salle. Aja était en colère pour de bon. C'était la deuxième fois aujourd'hui qu'on lui refusait son mot de passe.

– Oh, laisse tomber, rétorqua-t-elle. Retrouvons-nous au sous-sol de Zetlin Hall, que je désigne les équipes.

– Mot de passe non reconnu, dit un gamin du septième niveau au premier rang, parodiant la voix du projecteur.

D'autres rires fusèrent.

– Ah ah, très drôle, rétorqua Aja.

Ce qui ne fit qu'aggraver la situation. Les rires redoublèrent.

***

Ils passèrent une bonne partie de l'après-midi à fouiller Zetlin Hall en long et en large. Puis ils passèrent au terrain de jeu et au parc entourant le bâtiment.

En vain. Pas d'Omni Cader. Et dès qu'un des élèves commençait à s'ennuyer ou n'obéissait pas à ses ordres, il y avait toujours quelqu'un pour murmurer « mot de passe non reconnu ». Et tous éclataient de rire. Encore et encore.

CHAPITRE 3

Cette quête inutile lui prit presque toute l'après-midi
– un temps qu'Aja souhaitait consacrer à son grand
projet. Elle travaillait sur un programme visant à
réorganiser les protocoles de sécurité d'Utopias. À
chaque fois qu'elle en avait parlé à un de ses professeurs, il avait répondu que si elle y arrivait, ce serait le
projet de fin d'études le plus ambitieux de toute l'histoire de cette école.

Le plus audacieux, aussi. Car pour réussir, elle devrait
accéder au cœur du noyau d'Utopias – au cerveau qui
régissait son système. Normalement, un élève ne pourrait
jamais se le permettre. La salle de contrôle du noyau était
presque un lieu sacré. Dans toute l'école, on n'en parlait
qu'à voix basse. C'était là que travaillaient les meilleurs
phadeurs – les plus intelligents, les plus expérimentés, la
crème de la crème. Ce n'était certainement pas le genre
d'endroit où on laissait entrer les jeunes péons de l'académie pour qu'ils fourrent leurs doigts partout.

Mais tout le monde savait qu'Aja n'était pas
n'importe qui. Ainsi, lorsqu'elle avait présenté son
projet et démontré qu'elle l'avait mûrement réfléchi, on
lui avait donné une autorisation d'accès.

Il lui restait encore beaucoup de travail pour en venir à bout, et en plus, elle devait régler cette stupide histoire de mot de passe.

Aja entra dans la pyramide d'Utopias, passa sous l'immense voûte de verre, puis descendit un couloir. Une grande porte qui s'ouvrait sur la salle de contrôle du noyau. Elle s'arrêta un instant avant d'entrer. Elle se souvenait de la première fois où elle était venue ici, lorsque sa classe de première année avait fait une visite du bâtiment. Elle avait aussitôt pensé : *un jour, c'est là que je travaillerai !*

Aujourd'hui, le simple fait de se trouver dans ce couloir l'emplissait de fierté et d'enthousiasme.

Un groupe de phadeurs parmi les plus anciens se tenait là, à rire de quelque chose. Un autre s'était endormi devant son terminal, un mince filet de salive coulant jusque sur ses genoux. Plusieurs étaient immobiles devant leurs écrans avec l'air de s'ennuyer ferme. Un autre encore mangeait du gloïde. Un gros bout de cette gélatine nutritive tomba de sa cuillère sur son panneau de contrôle sans qu'il le remarquât. Ou alors il s'en moquait.

À sa première visite, ces gens l'avaient intimidée. Dans son esprit, ils étaient tous intelligents, puissants, dotés d'un savoir sans limites. Mais ceux-là ? Ils n'étaient pas si impressionnants, elle devait bien l'admettre. En fait, ils avaient surtout l'air de vouloir être ailleurs.

Elle sourit. Ce n'était certainement pas son cas !

Elle continua son chemin, inséra sa carte dans la fente et fit un pas en avant…

Pour se cogner le nez contre le panneau.

– Aïe !

La serrure ne s'était pas déverrouillée ? Elle tenta à nouveau d'insérer sa carte.

Toujours en vain.

Elle comprit alors que le phénomène qui avait désactivé son mot de passe devait avoir également affecté le protocole d'accès à la salle de contrôle. Elle se résolut à frapper à la porte.

Un des vétérans phadeurs nommé Dal Whitbred leva les yeux de son terminal pour lui faire un signe de la main.

Elle désigna la porte. Dal fronça les sourcils, puis appuya sur un bouton, déverrouillant la serrure.

– Merci, Dal ! s'écria-t-elle en entrant dans la pièce. J'ai un problème de mot de passe. Tu crois pouvoir m'aider ?

Dal était un jeune type plutôt mignon, avec des cheveux châtains mi-longs et des yeux marron chaleureux.

– Je m'en occupe. Logue-toi avec mon mot de passe et réinitialise le tien.

– Heu… (Elle le regarda, surprise.) Tu n'es pas vraiment censé me donner ton mot de passe, non ?

– Est-ce que tu vas le crier sur les toits ?

– Non, répondit-elle.

– Alors c'est bon ? reprit Dan avec un sourire.

Il griffonna son mot de passe sur un bout de papier pendant qu'elle s'asseyait à ses côtés.

– Merci, dit-elle en se connectant au réseau.

– Alors, il semblerait que tu sois proche du diplôme de fin d'études ? demanda Dal.

Elle leva les yeux :

– Comment le sais-tu ?

– Oh, ton pote Nak vient souvent ici. Il ne cesse de parler de toi.

– Non, c'est vrai ?

Elle avait toujours cru qu'il la détestait.

– Ne lui répète pas, reprit Dal avec un grand sourire. Mais je crois qu'il a un faible pour toi.

Elle eut un rire dur.

– Ça m'étonnerait ! Tout ce qu'il veut, c'est me dépasser. Devenir le premier de la classe et recevoir un diplôme à ma place.

– Possible, admit Dal. Ce gamin est compliqué. (Il éclata à nouveau de rire.) Entre toi et moi, je crois qu'il a des problèmes.

– Ah, oui ?

– Par contre, c'est un excellent phadeur. Ces derniers temps, il passe sa vie dans ce centre. C'est étonnant que tu ne l'y aies pas croisé. (Dal se gratta la tête.) Quoique, maintenant que j'y pense, il vient toujours au milieu de la nuit. À ce moment-là, tu dois dormir.

Aja le regarda avec curiosité.

– Mais… il ne travaille pas ici. Il n'a pas les autorisations…

– On l'a adopté, en quelque sorte, reprit Dal en souriant. Comme un stagiaire informel. Ce gosse est un vrai magicien. Je n'ai jamais vu quelqu'un manipuler Utopias comme il le fait. À part toi, peut-être.

– Mais… et s'il…

– Crois-moi, on le tient à l'œil pour s'assurer qu'il ne fait pas de bêtises !

Aja retourna à son terminal. Reconfigurer son mot de passe n'avait rien de compliqué. Et pourtant, il fallait…

Elle s'arrêta soudain. Bizarre. Ce *devrait* être un processus simple. Mais maintenant, Utopias lui envoyait des menus tels qu'elle n'en avait encore jamais vu. Et elle n'arrivait pas à atteindre l'écran nécessaire pour changer son mot de passe.

– Qu'est-ce qui se passe, Dal ?

L'interpellé fit rouler son fauteuil dans sa direction et scruta l'écran.

– Tiens ? c'est bizarre. (Il pianota sur le clavier.) De plus en plus bizarre ! Je n'ai jamais rien vu de tel !

– Quoi ? demanda Aja.

– Eh bien… on dirait qu'Utopias a partitionné ton identité. Il a mis tout ton dossier derrière une sorte de pare-feu.

– Mais… dit-elle en fixant l'écran. Ce n'est pas possible !

– Viens voir. Il faut que j'y regarde de plus près.

Maintenant, une lumière rouge clignotait sur l'écran, une icône qui ne lui évoquait rien.

– Tu sais quoi ? reprit Dal. Ça ne me plaît guère, mais je crois que cela va prendre un certain temps. Et si tu retournais à l'école ? Je t'appelle dès que j'ai arrangé tout ça.

– Si ça ne t'ennuie pas, je préfère te regarder faire.

Il s'éclaircit la gorge.

– Heu… non, je crois… qu'il vaut mieux que tu rentres. Pour l'instant, Utopias prétend que ton autorisation a été révoquée.

Une alarme se mit à sonner. Tous dans la salle de contrôle du noyau levèrent les yeux pour voir ce qui se passait. Même celui qui était endormi se réveilla et regarda autour de lui.

– Révoquée ? s'écria Aja outragée.

Tout le monde savait qu'elle était digne de confiance. *Tout le monde !*

– Franchement, tu ferais mieux d'y aller.

Soudain, Dal n'était plus aussi décontracté.

– Mais…

– Écoute, il y a eu une rupture de protocole. Les directeurs d'Utopias sont très stricts sur ce point.

– Oui, mais…

– Tu veux vraiment que je sois forcé d'appeler les services d'Utopias ?

Aja ouvrit de grands yeux. Les services d'Utopias étaient les forces de sécurité qui s'occupaient de tout ce qui avait lieu dans la pyramide.

– Quoi ?

– Je suis désolé, Aja. Toi plus que tout autre devrait comprendre. Si Utopias bloque une identité…

Il étendit les bras en signe d'impuissance.

Dal avait raison. La sécurité était essentielle. Préserver celle du noyau était primordial. Si Utopias disait qu'elle devait partir, elle devait partir.

Aussi douloureux que cela puisse être.

– Je comprends, dit-elle doucement.

Elle se leva et marcha vers la porte. Tout le monde la regardait. Ses joues la brûlaient. Elle savait qu'ils en avaient sûrement discuté entre eux – surtout chez les phadeurs à l'ancienne qui pensaient qu'on ne devait pas laisser une gamine entrer dans la salle de contrôle du noyau, et encore moins la laisser jouer avec les protocoles de sécurité.

– Je reviendrai ! se força-t-elle à dire.

Puis elle regarda la porte close et se souvint que sa carte ne fonctionnait plus.

– Heu… quelqu'un peut-il m'aider à sortir d'ici ?

Aja aurait préféré se cacher dans un trou.

CHAPITRE 4

Elle n'arrivait pas à comprendre ce qui s'était passé. *Et pourquoi?* Quelqu'un avait bloqué son identité d'Utopias à l'aide d'un pare-feu. Qui? Pourquoi? Comment?

C'était inconcevable. Peut-être que durant son travail avec les protocoles de sécurité, elle avait déclenché une alarme automatique. Elle n'avait jamais entendu parler d'une telle procédure, mais c'était toujours possible.

Elle avait beau refuser de l'admettre, tout pointait dans la même direction : celle de Nak Adyms.

Le premier indice était dans le jeu lui-même. D'abord cette panne de bracelet. Ensuite, lorsqu'elle avait ordonné de revenir à la réalité à l'aide d'une commande vocale claire et nette – rien ne s'était passé.

À moins que Nak ait commis une erreur particulièrement bizarre dans la programmation de son jeu, il était difficile de définir ce qui avait bien pu se passer.

Sauf bien sûr si Nak s'était introduit dans le code d'origine.

Celui-ci n'était autre que le programme de base dont dépendait Utopias tout entier. Il avait été programmé par le constructeur d'Utopias en personne, le Dr Zetlin.

Il l'avait rédigé ligne par ligne il y avait bien des années. Et depuis, nul ne l'avait touché.

Parfois, les phadeurs parlaient de s'introduire dans le code original, mais ce n'était qu'une plaisanterie. Tout le monde savait que le Dr Zetlin avait installé un système de sécurité en forme de labyrinthe pour s'assurer que – Un instant ! Un labyrinthe !

Voilà. C'était donc ça.

Le jeu de Nak était un labyrinthe. Un puzzle. C'était…

Tout en parcourant la pyramide d'Utopias, Aja s'empressa d'évaluer les implications possibles de ce qu'elle venait de découvrir. Si Nak avait vraiment modifié le code d'origine, il avait forcément une raison pour ça. Mais laquelle ?

Pour le simple plaisir de frimer, de lui montrer ce qu'il savait faire ? Non… pas seulement. Il cherchait à prouver que les innovations qu'elle voulait apporter au système de sécurité étaient fondamentalement déficientes. Oui, voilà ce qu'il manigançait. Il cherchait à faire capoter son projet de fin d'études. Si Nak pouvait mettre en exergue les faiblesses d'Aja, ses notes en pâtiraient inévitablement. Et dans ce cas – du moins en théorie – il pourrait la faire redoubler.

Elle en était là de ses réflexions lorsqu'un jeune homme aux cheveux châtains en désordre fit son apparition. Nak Adyms, justement.

– Hé ! s'écria-t-il en souriant, je pensais justement à toi. Tu as résolu tes problèmes de mot de passe ?

Elle lui jeta un regard furieux.

– Je crois savoir d'où ça vient.

– Comment ? demanda-t-il d'un air innocent.

– Tu dois savoir que si tu casses mes protocoles de sécurité, tout ce que tu pourras gagner en popularité sera annulé lorsque la directrice apprendra que tu t'es introduit dans le code d'origine.

Nak plissa les yeux.

– Je ne vois pas de quoi tu veux parler.

– Ben voyons !

Le communicateur d'Aja se mit à sonner. Elle tira le petit appareil argenté de sa poche.

– Oui ?

– C'est Dal, fit la voix dans le mince combiné. On vient de rencontrer un problème plutôt grave. Quoi que puisse être ce programme, il a infecté ton identité… et ce n'est que la partie émergée de l'iceberg.

– Que veux-tu dire ?

– Il commence à s'enfoncer encore plus profondément dans les logiciels du noyau.

– J'en conclus que tu as réussi à l'isoler ?

– Si l'on veut. Ce qu'on a localisé n'est qu'une coquille. Il se cache derrière d'autres programmes, et on ne peut pas regarder ce qu'il y a dessous.

– Alors passe par la commande niveau un !

– Voyons, Aja ! C'est déjà fait.

– J'ai rédigé un nouveau système de sécurité qui…

– J'ai déjà essayé. Ainsi que tous les moyens les plus évidents.

– Alors pourquoi m'appelles-tu ?

Il y eut un long silence.

– Parce que le programme qui a effacé ton mot de passe…

– Oui ?

– Eh bien… c'est toi qui l'as rédigé.

Un instant, Aja en resta sans voix.

– Hein ? C'est n'importe quoi. Pourquoi concoc-terais-je un programme pour effacer ma propre identité ?

– Écoute, reprit Dal, je sais que, dans le cadre de ton projet, tu as examiné les codes internes d'Utopias. Si tu as commis une petite erreur, eh bien, c'est tout à fait compréhensible. Mais il faut que tu nous le dises.

Aja sentit une pointe d'angoisse lui mordre les entrailles. Là, ça devenait grave.

– Je n'ai rien fait, je te le jure ! Et d'abord, comment s'appelle ce programme ?

– Il porte un nom assez farfelu. Un instant... (Elle l'entendit pianoter sur son clavier.) Il s'appelle « Le labyrinthe du roi Hruth. »

Aja ouvrit de grands yeux.

– Ce n'est pas mon programme ! cria-t-elle.

– Allons, ne nous emballons pas. Dis-nous juste ce que tu as fait, et on trouvera bien un moyen de l'arrêter.

– Je n'ai rien fait du tout !

Il y eut un silence. Un très long silence. Lorsque Dal reprit la parole, ce fut d'une voix froide et distante :

– D'accord, si c'est comme ça que tu veux jouer. Mais je suis obligé de faire un rapport à la direction d'Utopias pour les tenir au courant.

– Dal, comment peux-tu seulement envisager que je...

– C'est ta dernière chance, Aja. Ton petit programme est déjà en train d'attaquer le noyau.

– Non, Dal, je ne...

– Bon. Mais tu n'iras pas dire qu'on ne t'a pas laissé une chance.

Et il coupa la communication. Elle voulut le rappeler aussitôt, mais qu'est-ce que cela changerait ? Pour l'instant, tous les indices jouaient contre elle. Si elle voulait démontrer qu'elle n'était pas à l'origine de ce problème, il lui faudrait des preuves solides de son innocence.

Nak se tenait toujours appuyé contre le mur, un sourire placide sur son visage.

– Tout va bien ? demanda-t-il.

– Nak, tu m'as piégée !

Il secoua la tête comme si elle s'adressait à lui dans un langage qu'il ne comprenait pas.

– Tu m'as l'air bien nerveuse. Tu devrais peut-être faire un petit saut pour te calmer. J'ai justement un excellent jeu qui...

– Ce n'est plus drôle ! rétorqua-t-elle. Ton petit programme est en train de ravager le noyau !

– *Mon* programme ? Quel programme ? Moi, je te parle d'un jeu !

Quelque chose prenait peu à peu forme dans l'esprit d'Aja. Une idée. Un plan. Elle pouvait le sentir... mais n'arrivait pas encore à mettre le doigt dessus.

– Si tu ne joues pas, tu ne peux pas gagner, reprit Nak.

Il souriait toujours, mais derrière cette façade, elle pouvait lire d'autres émotions dans ses yeux – de la colère, de la rancune, de l'envie.

– Le programme qui attaque le noyau – il est caché *dans* le jeu, c'est ça ? Tu l'as dissimulé derrière un bête programme de saut.

Nak éclata de rire.

– Allons ! Te voilà bien dramatique !

– Tu ne t'en tireras pas comme ça.

– Bien. Question de pure rhétorique : mettons que je veuille attaquer le noyau en employant mon programme. Je ne mettrais certainement pas ce bogue *dans* le jeu.

Elle le regarda longuement. Puis une lumière s'alluma dans son esprit, et ses yeux s'écarquillèrent.

– Il n'est pas *dans* le jeu, n'est-ce pas ? *C'est* le jeu.

Nak leva un sourcil.

– Une petite partie ?

– Nak, je viens de dire à Dal que je n'avais pas la moindre idée de ce qu'était le Labyrinthe du roi Hruth. Si j'entrais dans ton jeu maintenant, Utopias enverrait un message à la salle de contrôle pour les informer que je viens d'invoquer ce même programme, et Dal croirait que je lui ai menti. Il en déduirait que c'est bien moi qui ai rédigé ton cheval de Troie.

Nak leva les yeux au ciel.

– Ne me prends pas pour plus bête que je ne suis. Je dérouterai le tout pour qu'ils n'en sachent rien. J'ai mes petits secrets que les phadeurs de la salle de contrôle ignorent. Ces types suivent le règlement à la lettre. Ils verront ce que je leur permettrai de voir. Tu ne risqueras rien.

Aja hésita. Si elle ne se trompait pas, la seule façon de contrer le programme, de l'empêcher de détruire le noyau, était de jouer à ce jeu. Mais si elle se faisait prendre avant d'avoir pu comprendre ce que mijotait Nak – ce serait un désastre. Pour commencer, elle pourrait dire adieu à son diplôme. Elle serait probablement renvoyée de l'école. Pis encore, le directoire d'Utopias pourrait l'empêcher de devenir phadeuse. Elle perdrait tout ce pour quoi elle avait travaillé dur.

De nature, Aja n'aimait pas prendre de risques. Mais à ce moment-là, elle ne voyait pas d'alternative. Si elle allait trouver Dal pour accuser Nak, elle passerait pour une menteuse. Nak était un bon phadeur. S'il avait fait croire que c'était elle qui avait rédigé son programme, aller trouver Dal à ce stade ne ferait qu'empirer les choses. L'ennui, c'était que son programme était déjà en train de grignoter le noyau. Elle devait faire quelque chose pour l'arrêter.

Pour cela, elle devait entrer dans ce jeu. Maintenant.

Aja désigna un point au-dessus de leurs têtes.

– D'accord, Nak. Je vois justement un poste libre.

– Je savais que tu finirais par voir la lumière, reprit-il en souriant.

CHAPITRE 5

Aja atterrit avec un choc qui la secoua. Une pointe de douleur traversa sa cheville gauche et la fit tomber à genoux. Elle se releva et remua le pied. Sa cheville lui faisait mal, mais impossible de dire si elle était cassée.

Elle regarda autour d'elle. Elle se trouvait dans une petite chambre étroite aux murs de pierre noire. Un labyrinthe, ça ? C'était plutôt une cellule, à peine assez grande pour s'y allonger.

Au-dessus de sa tête, elle vit un rectangle de lumière brillante. Et là se découpait une silhouette. Non, deux.

L'une était celle du roi Hruth. L'autre, Nak Adyms.

– Salut ! lança Nak en agitant la main. Amuse-toi bien !

Puis la pierre coulissa pour se remettre en place. Aja put entendre à nouveau ce terrible grondement alors que la pierre raclait la pierre. Le sourire arrogant de Nak disparut avec le rectangle de lumière.

Elle se retrouva seule dans les ténèbres.

Le bruit cessa. Aja se sentit tout à coup enfermée. Son cœur battit la chamade et ses mains devinrent moites de sueur. Elle pouvait toujours faire apparaître son bracelet pour mettre fin au saut, mais il risquait de ne pas fonctionner. Comme le lui avait dit Nak, il avait changé tous les codes, l'emprisonnant dans le jeu. Celui-ci se terminerait lorsqu'il le déciderait, pas avant. De plus, elle était là pour résoudre l'énigme qu'il lui poserait. Elle ne pouvait pas renoncer maintenant.

Elle inspira profondément, tentant de se calmer. Soudain, le grondement recommença. Mais cette fois, il était légèrement différent et semblait venir d'un autre endroit. Elle s'imagina que les murs allaient se refermer sur elle pour l'écraser comme une mouche…

Elle pouvait voir un rai de lumière dans un coin de la pièce – et qui s'élargissait rapidement.

C'était une porte qui s'ouvrait lentement dans le mur ! Dès qu'elle le put, elle se faufila dans l'interstice qui continuait de croître. Elle se retrouva dans un couloir de pierre éclairé par la lueur vacillante de torches logées dans de petites niches.

Des images étaient gravées sur les murs. Une silhouette y revenait sans cesse, celle d'une drôle de créature simiesque. Sans doute la Bête dont parlait le roi Hruth. Dans chacune de ses représentations, elle dévorait des êtres humains, les déchirait comme du papier de soie et piétinait leurs cadavres.

– Beurk ! dit Aja.

Et dire que ces horreurs venaient tout droit de l'imagination de Nak ! On croyait connaître quelqu'un et…

Le grondement se tut une fois de plus. Soudain, le silence lui parut extrêmement pesant. Elle n'avait jamais rien connu de tel. Il n'y avait pas le moindre bruit. Littéralement. Elle pouvait entendre battre son cœur, le sang rugir à ses oreilles.

Elle remarqua que sa respiration s'était accélérée.

L'air était imprégné d'un relent moisi et pestilentiel. Puis elle entendit quelque chose. Un bruissement sonore, comme un sac de viande qu'on aurait traîné sur le sol.

Alors rententit un long hurlement inhumain.

La Bête. C'était la Bête du souterrain. Et elle venait la chercher ! Aja regarda en arrière. Là où il n'y avait qu'une minuscule cellule, elle voyait désormais trois passages partant chacun dans une direction différente. Ils semblaient tous plus ou moins identiques. Au-dessus de chaque entrée, il y avait une sorte de symbole gravé dans la pierre. Les couloirs se prolongeaient dans un horizon glauque que la lumière des torches ne pouvait atteindre.

Elle regarda par-dessus son épaule. Deux yeux jaunes apparurent au loin, à l'angle du couloir. Un éclair de lumière se refléta sur de longs crocs acérés. La Bête ! Elle se tenait voûtée et marchait sur ses deux puissantes pattes arrière. Ses poils étaient longs et emmêlés. La créature ressemblait à un singe, mais elle était plus grande et plus forte qu'un homme. Ses mains presque humaines se prolongeaient de longues griffes incurvées.

La terreur transperça la jeune femme comme un épieu plongé entre ses omoplates, lui faisant oublier sa cheville douloureuse. Elle se mit à courir. Le hurlement parut la suivre à la trace. Tout en descendant le couloir, elle vit que celui-ci se séparait pour former d'autres corridors. Elle pouvait entendre le martèlement des pieds de la Bête qui ne cessait de se rapprocher. De toute évidence, elle était plus rapide que sa proie.

Aussi énorme soit-elle, la créature simiesque pouvait prendre les virages plus vite qu'Aja. Elle se rua dans un autre couloir. Puis un autre. Et encore un autre. Elle se retrouva à courir entre deux rangées de cellules munies de barreaux. À l'intérieur, elle vit des prisonniers, tous des hommes, vieux, barbus, brisés.

– Tu n'y arriveras jamais ! crièrent-ils en chœur. Tu es fichue !

Merci de m'encourager, pensa-t-elle. Elle savait que cela faisait partie du plan de Nak, qui voulait la mettre sur les nerfs. Mais c'était angoissant quand même !

– Fichue ! gémirent-ils. Fichue !

Elle arriva au bout de la prison pour aborder un autre couloir brillamment éclairé. Les gravures sur les murs étaient plus grandes, plus nettes. Au-dessus de chaque représentation de la Bête, un symbole était rédigé dans un alphabet inconnu, ou des pictogrammes – les mêmes que ceux qui désignaient les premiers couloirs. Mais elle n'avait jamais rien vu de tel dans les livres d'histoire. Elle les étudia un instant, cherchant un indice. Puis elle comprit qu'elle n'avait pas le temps de résoudre des énigmes.

Elle s'arrêta et tendit l'oreille.

En vain.

Les pas lourds avaient cessé. Les murmures et les hurlements bestiaux également. Aja repartit sur la pointe des pieds. Elle avait sûrement semé le monstre.

Tout au bout, le couloir s'incurvait sur sa gauche.

Elle jeta un œil de l'autre côté.

Là, accroupie à moins de trois mètres d'elle, se tenait la Bête. Elle baissait la tête, le menton posé sur les phalanges d'une de ses mains massives, et flairait le sol.

Oh, non ! pensa-t-elle. Dieu sait comment, elle s'était retrouvée derrière son poursuivant !

Elle se figea, craignant de se trahir au moindre mouvement. Soudain, la Bête cessa de flairer le sol et leva la tête.

Aja entendit battre son cœur, aussi fort qu'un marteau-piqueur.

La Bête se retourna, la vit et bondit sur elle.

Pas moyen de lui échapper. Ce n'est qu'une illusion créée par Utopias, se dit-elle. Si j'arrive à m'en convaincre, le système ne tentera pas de désactiver mon cerveau lorsque les mâchoires de ce monstre se refermeront sur...

Soudain, le grondement qu'elle avait entendu lorsque le mur s'était ouvert retentit à nouveau.

La Bête n'était plus qu'à deux mètres d'Aja lorsqu'elle se figea et regarda autour d'elle. Toute une section du plafond descendait vers eux. La Bête la fixa nerveusement et souffla plusieurs fois de ses énormes narines avant de battre en retraite.

Apparemment, elle n'avait pas envie de se faire écraser.

Aja se recula, elle aussi. Elle pouvait sentir le sol bouger sous ses pieds. Ce grondement minéral semblait résonner jusque dans ses os. Il lui avait peut-être sauvé la vie, mais n'en était pas moins effrayant. Les murs se rapprochaient et le couloir devenait de plus en plus étroit.

Soudain, elle comprit que ce n'était plus la Bête qui la menaçait, mais le labyrinthe lui-même ! Le couloir se refermait sur elle. Elle courut vers l'autre extrémité du passage.

Elle réalisa aussitôt qu'elle n'y arriverait pas. Il y avait longtemps qu'Aja avait compris qu'elle avait, à la place du cerveau, un ordinateur capable de mesurer les distances, analyser les mouvements, les formes et les tailles, puis obtenir des réponses. À quelle distance était-elle du point A, combien de secondes mettrait-elle pour atteindre le point B…

Et sa conclusion était : si les murs continuaient à cette vitesse, elle n'y survivrait pas.

Pourtant, elle redoubla d'efforts. Ce terrible sentiment de claustrophobie l'étreignit à nouveau alors que les parois se refermaient sur elle.

Elle entendit une voix lui dire : « Par ici ! »

Elle s'arrêta net. D'où venait-elle ? Le couloir ne faisait qu'une trentaine de mètres de long et ses parois étaient lisse…

– Aja ! Par ici !

La voix venait de derrière elle.

Elle tourna la tête. Rien, à moins que – là ! Alors que l'espace ne cessait de rétrécir, elle vit qu'une minuscule fente s'était ouverte dans son dos. Aja s'y précipita.

Elle l'atteignit juste à temps. L'interstice était à peine assez large pour qu'un être humain puisse s'y glisser, mais c'était tout ce dont elle avait besoin. Elle se retrouva dans une petite pièce guère plus grande qu'un tombeau.

Dans la pénombre, à quelques centimètres tout au plus, elle vit un homme. Il était enchaîné à de gros anneaux de métal rouillé, fixés au mur de pierre noire.

La seule lumière venait du couloir. Plus les murs se rejoignaient, plus celle-ci diminuait.

Curieusement, l'homme enchaîné lui souriait.

Puis les ténèbres se refermèrent. Elle était prise au piège ! Aja émit un gémissement. L'horreur ! Ce n'était pas une pièce, mais un puits.

– On va mourir dans ce trou, hoqueta-t-elle.

Elle voulut se dire que tout ceci se passait dans son esprit, que ce n'était qu'un saut, qu'un rêve – mais son corps était prêt à exploser. Elle se mit à haleter de peur.

– Écoute-moi, dit l'homme d'une voix douce

Sa voix était grave et calme. Il avait l'air de prendre du bon temps, pas d'être enchaîné à un mur dans un tombeau de pierre.

– C'est bon, Aja. Je sais que tu es claustrophobe. Mais tu *vas* sortir d'ici.

Elle tenta de ralentir sa respiration.

– Comment savez-vous qui je suis ?

– J'ai fait un long voyage pour te voir.

– Qui êtes-vous ? Comment vous appelez-vous ?

– Je m'appelle Press. Je suis venu te dire quelque chose de très important.

Puis son visage se fana, et tout autour d'elle, le monde commença à disparaître.

CHAPITRE 6

– Allez ! Vite !

– Hein ?

Aja se sentait bizarre. Il lui fallut un peu de temps avant qu'elle ne réalise qu'elle était revenue dans le tube de saut d'Utopias. Nak se tenait à ses côtés.

– Il faut qu'on y aille, dit-il dans un murmure nerveux. Quelqu'un nous a pingés.

« Pinger » était une technique employée par les phadeurs pour contacter les gens en cours de saut. Ça voulait dire qu'un administrateur les avait repérés. Pris la main dans le sac ! C'était un désastre. Elle allait se faire renvoyer de l'académie. Elle...

Nak lui prit la main.

– Allons-y !

– Mais... S'ils nous ont pingés, ils savent où nous sommes. Ils savent que je...

Nak tira un coup sec pour l'arracher à la couchette et se mit à courir. Aja le suivit dans le vestibule. Ses jambes étaient raides et elle avait mal à l'épaule.

– On fonce ! cria-t-il.

Elle se mit aussi à courir, même si elle aurait été bien incapable de dire pourquoi. Si on les avait pingés, les phadeurs savaient où ils se trouvaient. Elle en était malade de peur. Ils étaient *vraiment* mal barrés !

– J'ai tout réacheminé ! cria-t-il par-dessus son épaule. En ce moment, ils ne savent pas où nous sommes. Et j'ai aussi modifié le registre. Nos identités étaient fausses. Ce n'était probablement qu'une vérification de routine. Si on arrive à sortir du bâtiment, ils ne sauront jamais que c'était nous. Allez, fonce !

Ainsi, il y avait encore de l'espoir. Aja accéléra. Mais sa cheville lui faisait un mal de chien. On aurait dit une conséquence du choc qu'elle avait ressenti en atterrissant dans le labyrinthe. C'était pourtant impossible.

Ils parcoururent des couloirs mal éclairés, passant devant des rangées de postes de saut déserts. En cours de route, elle vit une horloge. Il était presque minuit. Les élèves de l'école étaient censés quitter les lieux à vingt heures au plus tard. Avait-elle vraiment passé tout ce temps dans le jeu de Nak ? Pour elle, son aventure n'avait duré que quelques minutes.

Nak la dépassa :

– Par ici, vite. Ils seront là d'une minute à l'autre.

Ils retournèrent sur leurs pas, puis passèrent une porte donnant sur un escalier de secours. Elle suivit Nak jusqu'à un autre escalier tout au fond de la pyramide d'Utopias. Les lumières du vestibule étaient tamisées, rendant ce décor sinistre à souhait.

– Où est-on ? demanda-t-elle.

Aja croyait connaître Utopias comme sa poche, mais elle n'était jamais passée par là.

– C'est l'ancienne aile de recherches. Elle a pas mal servi à l'époque où le Dr Zetlin perfectionnait Utopias.

Maintenant, elle est quasiment déserte. Sauf ces types, ajouta-t-il.

Il désigna un des postes. Deux jambes dépassaient d'une des machines qui vous branchaient sur Utopias.

– Ce sont des accros aux sauts, de vrais drogués d'Utopias.

Elle avait entendu parler de ces « accros », des gens qui avaient démissionné de leurs emplois pour vivre dans les sous-sols d'Utopias et effectuer des sauts non autorisés, au risque de mourir de faim. Pour elle, ce n'était que des rumeurs.

À l'autre bout du couloir, un homme dépenaillé plongea furtivement dans une alcôve et claqua la porte derrière lui. Une vieille femme portant une étrange robe noire clopina dans leur direction. À ses vêtements, elle avait agrafé un morceau de papier sur lequel il était écrit quelque chose en lettres minuscules.

Ils vous dérobent vos cerveaux ! cria-t-elle. Ils vous dérobent vos cerveaux !

– Ne fais pas attention à elle, dit Nak. Elle est inoffensive.

– Je n'aime pas ça, répondit Aja.

– Les phadeurs et les veddeurs descendent rarement jusqu'ici, reprit Nak. On y est en sécurité. On n'a qu'à attendre dix minutes, ensuite on pourra sortir sans risques.

Ils continuèrent leur chemin. Dans presque tous les tubes, elle put voir une paire de pieds dépasser de la couchette. Dans Utopias, chaque saut devait être suivi par un veddeur. Ceux-ci monitoraient les signaux vitaux des rêveurs et s'assuraient que personne n'avait de problèmes de santé. Mais là, en bas, il n'y en avait pas un seul.

Elle continua de regarder les jambes alignées en se demandant qui ces gens pouvaient bien être. Et dire que ce monde secret avait toujours été là, sous leurs pieds… sans qu'elle n'en sache jamais rien.

Deux jambes en particulier la choquèrent. C'était certainement un enfant. Or ceux-ci n'étaient pas censés traîner dans Utopias après vingt heures. Elle ne pouvait voir que deux pieds chaussés de baskets vertes dépassant de la machine.

– C'est triste, hein ? dit Nak, surprenant son regard.

– On devrait faire quelque chose, non ?

– Quoi, aller trouver un phadeur pour lui dire que pendant qu'on s'échappait après un saut non autorisé, on est tombé sur un gamin qui aurait dû être chez lui ?

Aja se sentait mal à l'aise. Il avait raison, elle le savait, et pourtant, cela la dérangeait. C'était terrible ! Et il n'y avait pas de solution toute faite.

– Pauvre garçon, dit Nak en se radoucissant. Il est probable que ses parents sont des accros, eux aussi. Si on intervient, les services d'Utopias se chargeront probablement de lui. Il est même possible qu'ils l'arrachent à sa famille. J'ai déjà vu ça en bas.

– Wow, dit Aja.

Nak désigna l'horloge.

– Ça fait dix minutes. L'orage doit être passé. Sortons d'ici.

– D'accord.

– On aura plus de chances si on se sépare. Tu prends à droite et moi à gauche.

***

Le cœur battant, Aja emprunta une des sorties de secours de la pyramide d'Utopias. Personne ne sembla lui prêter attention. Ce qui n'empêchait pas son estomac de se crisper.

Elle tourna à l'angle du bâtiment et descendit une des vastes avenues menant à l'école. Les rues étaient sombres et désertes.

Alors qu'elle s'approchait, elle vit deux silhouettes debout près de l'entrée du dortoir. L'une était celle de Nak. L'autre était grande et mince. Un professeur ?

Aja n'en était pas sûre. Comme elle ne voulait pas qu'on la voie dehors à cette heure tardive, elle se cacha derrière un buisson. Nak et l'autre silhouette s'entretinrent encore quelques instants. Puis ils se séparèrent et Nak prit la grande porte de Zetlin Hall.

L'homme le regarda partir. Son visage était caché par les ténèbres. Aja n'aurait pas su dire pourquoi, mais il lui donnait le frisson.

Soudain, l'inconnu se retourna. La lumière d'un réverbère illumina momentanément son visage. Aja eut un hoquet.

L'homme se retourna et se fondit dans les ténèbres.

Elle n'avait eu qu'un bref aperçu de son visage, mais ces yeux d'un bleu pâle étaient éloquents. Elle les reconnaîtrait n'importe où. C'était le roi Hruth.

CHAPITRE 7

Le lendemain matin, Aja se réveilla en entendant frapper à sa porte. Elle alla ouvrir.

La directrice Nilssin se tenait sur le seuil. Derrière elle, Aja vit un grand homme solidement charpenté, au crâne rasé. Il portait l'insigne des services d'Utopias sur son épaule. Aïe. Lorsqu'ils venaient vous trouver, cela ne présageait jamais rien de bon.

Le cœur d'Aja s'accéléra.

– Bonjour, madame, dit-elle en faisant de son mieux pour avoir l'air confiante et insouciante. Il y a un problème ?

Nilssin avait l'air tendue, et ses joues avaient pris des couleurs.

– Cet homme est envoyé par les services d'Utopias. Je lui laisse la parole.

– Aja Killian ? demanda-t-il.

– Qui d'autre ? rétorqua-t-elle.

– Aja Killian, reprit l'homme, au nom des directeurs d'Utopias, cet arrêté révoque officiellement votre identité et vos privilèges au sein d'Utopias. On a remarqué quelques irrégularités sur votre profil. Jusqu'à nouvel ordre, vous n'avez plus le droit d'entrer dans la pyramide ou d'utiliser ses équipements. En attendant la résolution de ces irrégularités…

– Des irrégularités ! répéta Aja. Quelqu'un s'est introduit dans le noyau. Et ce quelqu'un n'est pas moi. En fait, je sais…

La directrice leva la main.

– Tais-toi, Aja. Plus un mot ! Tu as des droits. À ce stade, tout ce que tu pourras dire pourra être déformé ou utilisé contre toi. Ne… dis rien. Je m'occupe de tout.

– Madame Nilssin, reprit l'homme, si cette jeune femme est disposée à coopérer, nous pourrons faire preuve de clémence. Peut-être peut-on négocier une suspension de ses privilèges de cinq ans…

Cinq ans ! Aja sentit un étau géant enserrer sa poitrine.

– Monsieur, intervint Nilssin, vous avez fait passer le message. Maintenant, je vous suggère de quitter l'école.

– Je suis au milieu d'un projet d'envergure relatif à Utopias, dit Aja. Je dois…

– Aja ! rétorque la directrice. Tais-toi !

L'homme des services d'Utopias regarda Aja comme si elle n'était qu'un insecte bon à écraser. Puis il se tourna à nouveau vers la directrice.

– Je me verrai obligé de parler aux directeurs de votre refus de coopérer.

– Je me contente de défendre les droits de mon élève. Vous avez fait votre travail. Je vous en remercie. Maintenant, veuillez quitter les lieux.

L'homme fronça légèrement les sourcils. Puis il tourna les talons et s'en alla.

Après son départ, la directrice se tourna vers Aja et dit :

– Écoute, Aja, je ne sais pas ce qui se passe. J'ignore à quoi tu es mêlée…

– Ce n'est pas moi ! s'écria Aja. C'est un complot !

– Aja, écoute-moi. Écoute-moi très attentivement. Dal Whitbred m'a montré les preuves contre toi. Elles sont très, très graves. Mais pour l'instant, ils sont trop occupés à tenter d'empêcher ce programme de détruire le noyau pour s'intéresser à toi. Dans les heures qui vont suivre, Utopias peut se retrouver gravement endommagé. En fait, la situation est si désespérée qu'ils ont demandé mon aide.

Aja savait que la directrice Nilssin avait jadis fait partie des principales assistantes du Dr Zetlin lors des débuts d'Utopias. Elle restait une des principales autorités en ce qui concernait le fonctionnement interne du système.

– Et en plus, on n'a toujours pas retrouvé Omni Cader. Pour l'instant, je n'ai pas le temps d'en discuter avec toi.

– Mais…

Elle aurait bien voulu lui parler du jeu de Nak. Mais la directrice leva aussitôt la tête :

– Va en cours. Suis ta routine habituelle. Et inutile de dire qu'il est hors de question que tu retournes dans la pyramide d'Utopias.

– Écoutez, madame Nilssin…

– On en reparlera plus tard.

Sur ce, la directrice sortit sans plus tarder.

Aja retourna dans sa chambre et referma la porte. Elle avait l'impression d'avoir reçu un coup de poing dans l'estomac. Les dirigeants d'Utopias avaient agi personnellement pour suspendre ses privilèges. Il n'y avait plus de mots pour décrire ce qu'elle ressentait. Qu'est-ce qui leur prenait ? Ce n'était pas juste. Pourquoi refusaient-ils de la croire ? Nul ne pouvait nier qu'elle était la meilleure élève que l'école ait connue. Elle n'avait jamais violé le règlement, ni triché à un examen, ou même eu un comportement déplacé. Pas une seule fois !

Elle se mit à passer en revue les différentes alternatives. Nak était intelligent, pas de doutes là-dessus. Plus qu'elle ne l'aurait cru. S'il avait fait les choses correctement, il lui serait quasiment impossible de prouver qu'elle n'avait rien à voir avec ce programme.

Dans tous les cas, il ne lui restait plus qu'une solution : jouer le jeu jusqu'au bout. Et gagner la partie !

Elle prit son communicateur pour appeler Nak :

– Les services d'Utopias ont suspendu mes privilèges. Peux-tu me faire entrer dans la pyramide ?

Nak se mit à rire.

– Je me demandais quand tu allais m'appeler.

**

Quelques minutes plus tard, ils étaient à l'intérieur de la pyramide et se dirigeaient vers l'ancienne aile de recherches. Nak avait plus d'un tour dans son sac : grâce à de fausses puces d'identification, des mots de passe contrefaits et, apparemment, une connaissance encyclopédique de l'architecture du bâtiment, les portes s'étaient ouvertes devant eux. Alors qu'ils descendaient le couloir, elle remarqua une paire de chaussures vertes dépassant du tube de saut.

– Ce gamin est toujours là, remarqua-t-elle. Je me demande qui c'est.

Elle allait passer la tête dans le poste pour voir le visage du garçon lorsque Nak lui prit le bras.

– Tu veux entrer dans le jeu, oui ou non ? demanda-t-il sèchement.

– Bon, bon.

– Alors viens, reprit-il, ton tube est prêt. Cette fois, ils ne pourront jamais te retrouver. J'ai pris plus de précautions.

Elle le regarda droit dans les yeux.

– Tu en es bien sûr ?

Il acquiesça.

Elle entra dans le poste et s'allongea à l'intérieur du tube.

– Va sauver le prince Norvall, Aja, dit-il en se penchant pour ajuster les fils de connexions neuronales. Si tu en es capable, ajouta-t-il avec un sourire sans joie.

CHAPITRE 8

Elle se retrouva à nouveau dans le puits, coincée entre ces murs étroits. Il faisait noir comme de l'encre. Elle eut tout à coup la chair de poule. Elle avait beau savoir que ce n'était pas la réalité, elle n'en était pas moins claustrophobe.

Alors qu'elle cherchait à se calmer, elle entendit une respiration tout près d'elle. Elle avait oublié que, lorsqu'elle s'était retrouvée prise au piège à cet endroit même, un homme s'y trouvait déjà. Un homme qui avait dit s'appeler Press.

– Ah, dit-il, te voilà. Nous avons été interrompus.

– Je ne croyais pas que vous l'auriez remarqué.

– Je ne fais pas partie du jeu de Nak, reprit-il. Je suis comme toi. Je m'y suis infiltré. La différence, c'est que Nak ignore que je suis là.

– Quoi ? s'écria Aja. Comment est-ce possible ?

– Ça n'a pas d'importance, répondit Press. On n'a pas beaucoup de temps devant nous. Alors écoute-moi attentivement.

– Bien.

Aja s'éclaircit la gorge. Dans ce tombeau de pierre, tous les bruits semblaient compressés. Elle tenta de respirer en silence, mais sa peau était glacée et elle se sentait légèrement étourdie.

– Alors que faites-vous dans le jeu de Nak ?

– Je suis venu te parler de ta destinée.

Super. La situation devenait de plus en plus bizarre et surréaliste.

– Ma *destinée* ?

Où voulait-il en venir ? Elle se concentra sur ce qu'il disait, tentant d'oublier qu'elle était enfermée.

– Toi et moi sommes ce qu'on appelle des Voyageurs, déclara celui qui prétendait s'appeler Press. Nous sommes engagés dans une immense bataille contre des forces qui cherchent à détruire Veelox. Mais pas *que* Veelox. Il y a d'autres mondes semblables à celui-ci, et leur destin est également en jeu…

– Un instant, intervint Aja. Vous prétendez ne pas être un personnage du jeu de Nak.

– Exact.

– Donc, tout ce que vous me dites…

– N'a également rien à voir avec ce jeu. Du moins pas *directement*.

– En ce cas… pourquoi ne pas être venu me trouver à l'académie ou quelque chose comme ça ?

– Sur Veelox, Saint Dane est très puissant. Cette académie figure dans ses plans de domination. Il la surveille de très près.

– Saint *quoi* ?

– Pardon. Saint Dane est l'ennemi juré des Voyageurs. Tu le reconnaîtras sous les traits d'un homme très grand et très mince avec de longs cheveux noirs.

– Comme le roi Hruth.

– En ce qui concerne le jeu de Nak, oui. Dans la réalité, il a pris l'identité de l'homme que tu as vu s'entretenir avec Nak hier soir, un homme du nom d'Allik Worthintin. Le directeur d'Utopias.

– Mais… comment…

– On n'a pas beaucoup de temps devant nous. Garde tes questions pour plus tard. Tout ce que je peux te dire, c'est que tu seras bientôt à même d'endosser tes responsabilités de Voyageuse. D'autres Voyageurs viendront te trouver. À ce moment-là, tu devras les protéger de Saint Dane.

Une petite voix dans l'esprit d'Aja lui souffla, toute cette histoire est ridicule. Et quoi que puisse prétendre ce Press, il n'est probablement qu'un artifice de plus dans le jeu de Nak. Mais il avait un effet positif : sa voix calme apaisait sa claustrophobie.

– Maintenant, il est temps de partir.

– Mais j'ai besoin de savoir…

– On cst dans un puits. Si tu grimpcs sur ma chaîne, tu trouveras une échelle taillée dans la pierre. Monte jusqu'au sommet. Une fois en haut…

– Mais, et vous ?

– Du moment que tu gagnes la partie, je ne risque rien. Quand j'aurai fini mon saut, je prendrai le flume pour gagner un autre territoire dans la joie et la bonne humeur.

Le flume ? De quoi parlait-il ? Qu'est-ce que c'était qu'un flume ?

– Et si je ne gagne *pas* ? Et si la Bête me rattrape ?

– N'y pense pas.

Il y eut un bref silence. Aja assemblait les pièces du puzzle, des petits bouts de preuves qui n'avaient cessé de se mélanger dans sa tête.

– La dernière fois que j'ai mis fin à mon saut, dit-elle, j'ai remarqué quelque chose de bizarre. Il faisait un froid glacial dans le château du roi Hruth. À mon retour dans la réalité, j'en frissonnais encore. Ce n'est pas censé arriver.

– Comme tu le sais, Aja, les connexions neuronales entre ton cerveau et ton corps sont très proches. Utopias plonge dans cette connexion. Pour ton cerveau, Utopias *est* la réalité. Au début, lorsque le Dr Zetlin a conçu Utopias, l'un des plus gros problèmes qu'il ait dû résoudre fut de compenser cette boucle neuronale entre le corps et l'esprit. Si quelqu'un trébuche et tombe dans Utopias, à son retour dans la réalité, il aura encore mal à la jambe.

– C'est ce qui m'est arrivé ce matin ! s'écria Aja. Dans mon rêve, je me suis tordu la cheville. Lorsque j'en suis sortie, je boitais.

– Oui. Mais cela peut être bien pire. À l'époque où le Dr Zetlin testait Utopias, il y eut plusieurs décès. De quoi sont-ils morts exactement ? La question demeure sans réponse, mais on a soupçonné un rapport avec cette boucle neuronale. Alors il a lui-même tenté l'expérience. Dans son rêve, il a foncé dans un mur au volant d'une voiture. Il a bien failli y rester. Son cœur s'est arrêté et il a passé une semaine à l'hôpital.

– D'accord, mais ils ont résolu tout ça ! rétorqua Aja. Dans le code d'origine, il y a un programme qui, lorsqu'il se passe quelque chose d'inattendu, coupe la boucle neuronale pour éviter que votre corps n'en souffre. Utopias est sûr à cent pour cent.

– À moins que…

Aja eut un hoquet de terreur.

– Vous voulez dire que Nak a interféré avec le protocole de coupure neuronale ?

Press ne répondit pas.

– Oh, mon Dieu ! s'écria-t-elle. Mais…

– Pour l'instant, les modifications qu'il a apportées au code d'origine ne s'appliquent qu'à son jeu. Mais si le programme réussit à envahir le noyau…

Aja ouvrit de grands yeux.

– Vous voulez dire…

– Exact. Tous les rêveurs de la pyramide d'Utopias seront en danger.

– Mais… ça signifie que ça touchera la moitié de la population de Rubic City !

Press resta muet.

Une fois de plus, Aja prit conscience des murs qui l'entouraient, de ce silence oppressant, des ténèbres. Elle frissonna.

C'est alors qu'une autre idée la frappa. Les chaussures vertes dépassant du tube de saut. Les jambes nues du garçon qui s'y trouvait étaient couvertes de taches de rousseur. Comme le seraient celles d'un rouquin. Et lorsqu'on leur avait montré l'hologramme d'Omni Cader durant le conseil, celui-ci portait des chaussures vertes. Jusqu'à présent, elle n'avait pas encore fait le rapprochement.

– Le prince Norvall, dit-elle. Le but de ce jeu est de sauver le prince Norvall. Je croyais que Nak s'était contenté d'utiliser son image. Mais il y a plus que ça, n'est-ce pas ?

– Oui, répondit Press.

– Omni Cader est bel et bien dans ce saut, lui aussi… Il est pris au piège dans le jeu.

– Exact. Et si tu ne le sauves pas, il sera sa première victime.

Pendant un moment, Aja eut une bouffée d'angoisse. Puis elle inspira profondément. Elle ne laisserait pas Nak s'en tirer à si bon compte.

– Je trouverai un moyen, déclara-t-elle fermement. Nak ne peut me battre. Je suis plus intelligente que lui.

– C'est vrai. (Elle sentit que Press lui souriait.) Bien sûr, ça ne signifie pas que tu vas l'emporter.

La respiration d'Aja s'accéléra.

– Ce jeu est une énigme. Nak m'a dit qu'il y avait une porte de sortie. Il est trop vaniteux pour m'avoir menti sur ce point. Il y a forcément une solution. Une solution claire et logique.

Press ne dit rien, mais elle eut l'impression qu'il était secoué d'un rire silencieux.

– Quoi ? demanda-t-elle avec colère.

Avant qu'il ne puisse répondre, le grondement retentit à nouveau. Elle ressentit les vibrations à travers la roche.

– Qu'est-ce qui vous fait rire ? Ça n'a rien de drôle !

– Parfois, la solution d'un problème est qu'il n'y a *pas de solution*.

– C'est n'importe quoi ! Tout problème a une solution logique.

– Ce n'est pas le moment de tenir un débat philosophique, dit Press. Vas-y !

Le grondement ne cessait d'enfler. Les vibrations s'intensifièrent. Elle tendit les mains et tâtonna jusqu'à ce que ses doigts se referment sur la chaîne.

– Vas-y, marche-moi dessus, dit Press. (Il dut sentir qu'elle hésitait, car il ajouta :) Ne t'en fais pas pour moi, j'en ai vu d'autres.

Puis il éclata de rire. Il avait quelque chose de rassurant, qui lui donnait le sentiment d'être en sécurité.

Aja posa un pied sur la chaîne qui enserrait son poignet. Press eut un grognement. De toute évidence, elle lui faisait mal, mais elle sentit qu'il la soulevait de terre. Elle passa ses mains le long des parois du puits jusqu'à ce qu'elle tombe sur une encoche ressemblant au premier barreau d'une échelle. Elle s'y hissa et entama son escalade.

– N'oublie pas, fit Press, sa voix résonnant entre les parois. Tu es une Voyageuse. Tu es faite pour ça.

Elle continua son ascension jusqu'à ce que sa tête cogne le plafond.

– Aïe !

Puis le grondement se tut. Elle passa ses doigts derrière elle. Le puits avait disparu. Elle se trouvait dans une autre pièce. À en juger les échos qui rebondissaient entre ses parois, elle avait l'air spacieuse.

Il y faisait noir comme dans un four. Elle commença à tâtonner le long du mur de pierre, progressant à l'intérieur de la salle. En chemin, elle sentit des objets joncher le sol. Certains étaient durs et métalliques, d'autres ronds et plus friables. Du bois, peut-être.

Ils craquèrent sous ses pas.

Puis, alors que ses doigts palpaient un objet rond et troué, elle comprit… non. Ce n'était pas du bois.

Mais des os. Un crâne.

Elle marchait sur des ossements humains. Et des armures, et des boucliers.

Son sang se figea dans ses veines. Elle s'arrêta. *Où* était-elle exactement ? Soudain, elle entendit un bruit au loin. Comme un reniflement. Puis un autre bruit, comme un sac rempli de pierres qu'on traînerait sur le sol.

La Bête. Elle était là, quelque part dans les ténèbres.

À quelle distance ?

Bien assez prêt à son goût. Assez pour la trouver. Si elle retournait dans la loge de Press… Elle palpa le mur derrière elle. Le puits avait disparu ! La paroi était parfaitement lisse – à l'exception d'une série de petits trous.

Que faire ? Comment pouvait-elle s'échapper si elle n'y voyait rien ? Elle tâtonna autour d'elle. Il y avait peut-être un autre passage quelque part ?

Ses doigts se refermèrent sur quelque chose. Un tibia ? Non… c'était la poignée d'une vieille lance. Elle remonta le long de la lame jusqu'à la pointe. Elle n'était pas trop émoussée. Elle avait une arme !

Les reniflements cessèrent. Puis la Bête poussa un hurlement. Elle savait qu'Aja était là.

Soudain, cette dernière eut une idée.

– Hé ! cria-t-elle. Par ici ! Viens me chercher !

Il y eut un bref moment de silence, puis la Bête l'entendit. Elle fonçait droit sur Aja, traversant dans les ténèbres. Aja palpa le mur derrière elle. Les trous ! Où étaient-ils ?

Elle finit par en trouver un. À hauteur de poitrine. Elle y fourra le manche de la lance.

Des pas lourds martelaient le sol. À quelle distance pouvait être la Bête ? Aucun moyen de le savoir. Très près.

– Allez ! Viens me chercher !

Plus près. Encore plus près.

Lorsqu'elle sentit que la Bête l'avait presque rejointe, Aja plongea vers la droite.

Au moment où Aja s'écrasait sans douceur sur le sol de pierre, elle entendit un grand bruit. La Bête avait percuté le mur. Et si son plan avait fonctionné, elle s'était empalée sur la lance.

Comme pour confirmer ses soupçons, un nouveau hurlement lui parvint. De douleur cette fois.

Parfait! Elle avait pourfendu son adversaire. Ou plutôt il s'était pourfendu lui-même. Oui, mais la Bête était-elle morte ou blessée? Il était inutile de rester immobile en attendant une réponse. Elle se mit à courir le plus vite possible. Elle pouvait se cogner contre un mur ou glisser – mais c'était toujours mieux que se faire dévorer.

Derrière elle, Aja entendit la Bête se débattre furieusement.

Elle poussa un nouveau hurlement. Aja trébucha, se rétablit, trébucha encore, puis continua son chemin. C'est alors qu'elle entendit des pas. La Bête la suivait. Elle était blessée, mais bien vivante.

Aja accéléra autant qu'elle le put.

Mais la Bête était plus rapide. Aja pouvait l'entendre se rapprocher.

Je ne m'en sortirai pas! se dit Aja.

Elle sentit son souffle sur sa nuque. Littéralement.

Oh, tant pis, pensa-t-elle.

Et soudain, elle se retrouva dans le vide. Elle était tombée dans un trou. Ou dans l'espace.

Elle heurta le sol dur. Aussitôt, elle sauta sur ses pieds. Qu'est-ce qui va encore me tomber dessus? se demanda-t-elle.

La réponse lui vint avant qu'elle n'ait pu le voir par elle-même. Cet horrible grondement faisait vibrer l'air. Des lueurs chassèrent les ténèbres. Elle distingua la salle dans laquelle elle venait de tomber. La Bête mourante se tordait de douleur sur le sol. Elle cessa de bouger au moment même où la porte de l'autre pièce se refermait dans un bruit sourd.

Oui ! J'ai réussi ! J'ai tué la Bête ! Un instant, elle se sentit soulagée, puis elle comprit que ce n'était que le premier pas vers la victoire. Elle devait encore trouver Omni Cader… puis s'échapper du labyrinthe.

Un faisceau de lumière tombait du plafond, éclairant un sigle gravé dans le mur. Il y en avait de semblables dans chaque salle. On aurait dit des symboles mathématiques, mais elle n'en avait jamais vu de pareils.

Des symboles mathématiques. Voilà qui lui donnait matière à penser. Des symboles mathématiques. Pourquoi y pensait-elle alors que…

Le grondement se fit entendre à nouveau. Une fois de plus, les murs se déplacèrent… révélant un passage fort semblable au premier qu'elle avait emprunté à son arrivée dans ce château. Elle se mit à courir le long du couloir. Maintenant qu'elle était débarrassée de la Bête, le bruit n'avait plus d'importance.

– Omni ! s'écria-t-elle. Omni, où es-tu ?

***

Pendant des heures, elle arpenta ce labyrinthe qui ne cessait se modifier, appelant jusqu'à s'en casser la voix. Au moment où elle commençait à désespérer, elle entendit un cri aigu :

– Hé ! Par ici !

L'ennui, c'est qu'Aja ne savait trop où se trouvait « par ici ». Elle continua son chemin en aveugle. Puis les murs bougèrent à nouveau.

Et… elle le vit, à quelques mètres d'elle.

Omni Cader était affalé sur le sol, le visage blême maculé de poussière, ses cheveux roux emmêlés. Il avait l'air mort de peur. Une simple chaîne d'acier luisant reliait sa cheville à un piton planté dans le mur.

– C'est toi, Aja ? Aja Killian ?

Elle acquiesça.

– Que m'est-il arrivé ? cria-t-il. Je n'arrive pas à revenir à la réalité ! Mon bracelet ne fonctionne pas !

Il leva le bras.

– Ne t'en fait pas, répondit-elle, je vais te sortir de là !

Elle courut vers lui.

– Non ! hurla le garçon. Pas encore !

Aja s'arrêta à quelques mètres du garçon. Il se trouvait dans une petite chambre juste assez grande pour lui permettre de s'allonger. La porte était ouverte… mais Omni ne faisait pas mine de sortir.

– Qu'y a-t-il ? cria Aja.

– Les portes se referment à toute vitesse. Si tu ne minutes pas parfaitement ton coup, tu…

Avant qu'il n'ait pu finir sa phrase, cette même porte se referma d'un coup sec. Elle était de pierre massive. Si Aja s'était trouvée dans son embrasure, elle aurait été écrasée comme une mouche.

Et là, au centre de la roche, elle remarqua un symbole semblable à tous ceux qu'elle avait vus dans le labyrinthe.

Très vite, le passage tout entier commença à se refermer sur elle. Aja fit un bond en arrière jusqu'à atteindre un autre passage. En un instant, le chemin menant à la prison d'Omni ne fut plus qu'un souvenir.

Qu'allait-elle faire ? Elle regarda autour d'elle. Ces symboles étaient partout sur les murs. Qu'est-ce que...

Soudain, elle eut une illumination. Des maths ! Voilà la solution. Ce labyrinthe était une gigantesque énigme mathématique. Utopias était un ordinateur, et un ordinateur fonctionne selon des bases mathématiques. Il y avait une multitude de symboles sur tous les murs du labyrinthe, mais les murs ne se déplaçaient pas au hasard. Les maths étaient un ensemble de formules et d'équations, non ? Peut-être s'agissait-il de chiffres qu'elle n'avait pas appris à l'école. Mais cela ne voulait pas dire qu'ils n'étaient pas les composants d'une équation. Si elle pouvait deviner la suite mathématique qui présidait aux déplacements des murs, elle aurait une chance de sortir de ce labyrinthe.

À un niveau ou à un autre, la structure mathématique du labyrinthe devait être liée à celle du programme que Nak avait envoyé à l'assaut du noyau. En résolvant l'énigme – c'est-à-dire en faisant sortir Omni Cader de ce piège – elle désactiverait le programme. Et en même temps, elle sauverait le noyau. Ainsi que les vies de centaines, voire de milliers de personnes.

Un instant, l'énormité de la tâche qui l'attendait lui donna la nausée.

Concentre-toi, Aja ! s'admonesta-t-elle. Ce n'est qu'une équation ! Tu sais comment faire.

Elle attendit jusqu'à ce que le grondement retentisse à nouveau. Les murs se déplacèrent tandis que le labyrinthe se reconfigurait. Le bruit finit par décroître.

Elle compta les secondes dans sa tête, puis s'assit par terre et laissa passer trois cycles de reconfiguration.

Oui ! Le mécanisme était réglé comme une horloge ! Les parois bougeaient pendant trente secondes exactement, selon des intervalles décomptés en minutes – d'une à cinq de façon aléatoire. À la seconde près.

Elle se mit à écrire sur le sol avec ses doigts, dessinant des équations dans la couche de crasse. Soudain, les symboles ornant les murs furent aussi clairs dans sa tête que...

Eurêka ! Elle avait trouvé ! Les murs se déplaçaient à intervalles réguliers. Et les symboles qu'ils portaient correspondaient à... eh bien, elle n'en était pas vraiment sûre. Pas tout à fait. Pas encore. Il y avait un rapport avec l'équation régissant le mécanisme. Ce labyrinthe était fait de roches. Même s'il n'était qu'une série de chiffres dans l'ordinateur d'Utopias, il avait pris la pierre pour modèle. Et donc, il devait avoir les mêmes propriétés. Il ne pouvait pas fondre et changer de forme. Il ne pouvait traverser une autre pierre. Donc, le labyrinthe n'avait qu'un nombre limité de configurations.

Et l'une d'entre elles devait permettre d'atteindre la sortie.

Quoi qu'elle puisse penser de Nak, il y avait au moins une chose dont elle était sûre : ce n'était pas un tricheur. Du moins pas selon sa définition. Il voulait démontrer qu'il était plus intelligent qu'elle. Ce qui signifiait qu'il voulait la battre de façon régulière. Il y avait forcément un schéma, et il y avait une porte de sortie.

Le grondement retentit à nouveau. Une fois de plus, elle dut s'enfuir pour ne pas se faire écraser.

Lorsque ce bruit de tonnerre retomba enfin, elle eut une illumination. Il y avait cinq symboles, cinq configurations du labyrinthe qui se succédaient selon une séquence précise. Sauf que celle-ci se modifiait. C'était un immense puzzle numérique complexe. Tout ce qu'elle avait à faire, c'était définir la séquence.

À peine les murs s'étaient-ils immobilisés qu'elle se remit à griffonner dans la crasse.

Voilà ! Elle la tenait ! La séquence défilait en marche arrière. Tôt ou tard, elle finirait par s'arrêter.

Et après ? Zéro. La configuration finale équivalait à zéro : plus de symboles.

Le grondement retentit une fois de plus.

— Aja, au secours ! Au secours !

Une fois de plus, elle se retrouvait devant le passage menant à la cellule d'Omni. Sauf que cette fois, il y avait quelque chose de différent.

— Les murs se resserrent ! s'écria Omni. Fais quelque chose !

— Attends ! répondit-elle. Je *vais* te sortir de là. Mais il faut que je comprenne comment...

L'énorme porte claqua comme un coup de tonnerre.

Un instant. Il y avait un sixième symbole gravé sur cette même porte. Ce n'était pas normal. La séquence n'en comportait que cinq.

Elle s'était trompée depuis le début. Il n'y avait pas cinq configurations possibles, mais six. Lorsque la séquence de chiffres se terminerait, alors viendrait la sixième configuration. La dernière, la finale, qui scellerait le destin d'Omni. Sans doute que les murs de sa cellule se refermeraient sur lui et...

Et ce serait la fin de la partie.

Elle se remit à griffonner frénétiquement sur le sol. Horrifiée, elle comprit que la séquence touchait à sa fin. Il restait encore cinq reconfigurations. Puis ce serait *game over*.

Elle entendit un rire. Il venait d'un point situé au-dessus d'elle. Elle leva la tête pour voir un petit trou dans le plafond. Et un œil qui la regardait.

La voix moqueuse de Nak lui parvint :

— Tu en as mis du temps, dit-il entre deux éclats de rire.

— La configuration finale, rétorqua-t-elle. Elle va refermer la cellule d'Omni et l'écraser comme une mouche. Mais c'est également celle qui ouvre le labyrinthe, non ?

— Tu as encore le temps d'en sortir, répondit Nak. Mais je ne crois pas pouvoir en dire autant pour Omni. C'est toi ou lui. Je ne pense pas qu'il soit possible de vous sauver tous les deux en cinq actions.

Elle continua de griffonner jusqu'à ce qu'elle le tienne. Oui ! Nak se trompait : il y avait bien une solution. Elle pouvait effectivement y arriver en cinq actions. Trois pour atteindre Omni, deux pour s'échapper.

Nak se moquait d'elle pendant qu'elle écrivait les symboles sur son bras. Puis elle se pencha et, de sa main, effaça les calculs rédigés sur le sol. À chaque fois, il lui faudrait suivre scrupuleusement la séquence. Si elle s'appliquait, ils la mèneraient à Omni.

Le grondement. Cinquième action. Elle scruta les murs, cherchant les symboles. Voilà ! Elle courut le long du passage, cherchant le prochain chiffre. Là ! Elle tourna à l'angle du mur. Plus qu'un et…

Encore ce grondement. Elle repéra le dernier symbole de la séquence, juste à temps pour se glisser dans la chambre suivante avant que la porte ne se referme. Elle attendit, hors d'haleine.

À peine la reconfiguration suivante eut-elle commencé qu'elle se mit à courir. Cette fois, ce fut plus facile. Elle savait précisément ce qu'elle cherchait. Et elle se retrouva devant la porte qui la mènerait à Omni.

Deux minutes plus tard, le grondement s'éleva à nouveau. Troisième action. Elle attendit de pouvoir distinguer Omni.

— Sors de là ! cria-t-elle.

— Je ne peux pas ! hurla Omni en désignant la porte. Elle va m'écraser !

— Non ! rétorqua-t-elle. Il y a une façon de s'en sortir. Sors de cette cellule et va jusqu'au bout de ta chaîne. La porte va retomber dessus et la briser. Et on pourra s'enfuir.

Omni secoua la tête.

— J'y ai déjà pensé. La chaîne est trop courte !

— Ou plutôt elle l'*était*. Plus maintenant. Regarde ! (Elle désigna l'endroit où était attaché le piton.) Le mur a bougé !

— Mais…

Ce n'était pas le moment de discuter. Elle se précipita dans la cellule et entraîna le captif vers la sortie.

— Non ! cria-t-il en se débattant. Tu vas devoir…

Blam ! La porte se referma.

Omni poussa un cri d'horreur. Aja s'était-elle trompée ? La lourde dalle de pierre lui avait-elle écrasé la jambe ? Non. Il s'en était sorti. La chaîne était si serrée qu'elle lui avait tordu la cheville. Mais le plus important, c'était que le poids de la porte avait brisé la chaîne.

– Allons-y ! cria-t-elle.

Les murs de l'étroit passage se refermaient déjà.

– Je ne peux pas, chuchota Omni. Ma cheville. Je crois qu'elle est cassée.

Elle le prit dans ses bras et se mit à courir. Les murs continuaient de se rétrécir…

Puis ils se retrouvèrent dans la pièce suivante.

Le grondement se tut. Plus que deux actions.

– Pourquoi ne puis-je pas sortir de ce jeu ? s'écria Omni en larmes. Je ne comprends pas ! Nak a dit que ce serait marrant !

– Tout ira bien, dit doucement Aja en lui caressant les cheveux. Je vais te sortir de là.

Et elle resta là, à bercer le garçon. Dans ses calculs, elle ne pensait pas devoir le porter. Pourvu qu'elle ait la force d'effectuer les deux actions à venir dans les temps. Elle fixa les symboles sur son bras, mémorisant la séquence. La clé était de les repérer rapidement et de…

Le grondement s'éleva à nouveau.

Elle sauta sur ses pieds, passa Omni par-dessus son épaule comme un vulgaire sac de linge sale, puis courut vers le vestibule suivant. À gauche. Puis à droite. Omni gémit à voix basse tandis qu'ils traversaient le labyrinthe.

C'est alors qu'ils atteignirent la dernière pièce.

– Plus qu'une action, chuchota-t-elle en reposant Omni sur le sol.

Elle était à bout de souffle et ses poumons la brûlaient. Si elle avait été seule, elle s'en serait tirée sans mal. Mais avec un tel fardeau ? C'était une autre affaire.

Avant qu'elle n'ait pu reprendre son souffle, le grondement reprit.

C'était leur dernière chance ! Elle ramassa Omni et se mit à courir, traversant la séquence finale. À gauche. Descendre le long d'un couloir. Monter des marches. Plus qu'un dernier symbole. Où pouvait-il bien être ? Où ?

Là !

Elle se précipita vers le dernier passage. Elle n'était qu'à mi-chemin lorsque le grondement s'éleva une fois de plus. Cette fois, c'était le plafond qui descendait. Elle n'était pas sûre d'y arriver. Ses bras lui faisaient mal à force de porter Omni et ses poumons semblaient remplis d'épingles incandescentes.

Encore un peu plus loin ! Maintenant, le plafond était si bas qu'il la forçait à s'accroupir. Allez ! Maintenant, elle pouvait voir la dernière salle. Inondée de lumière. Le soleil ! Plus vite ! Plus vite !

Mais il lui restait encore du chemin à parcourir. Et sa tête raclait le plafond. Elle se laissa tomber à genoux, traînant Omni derrière elle.

– Il va nous écraser ! hurla celui-ci. Il va…

Puis ils furent libres !

De l'air frais emplit la salle. Devant eux, ils virent une immense porte ouverte. Au-delà, le grand lac gelé qui s'étendait à l'est de Qoom. Sauvés ! Ils étaient sauvés !

Elle reposa Omni et leva les poings.

– On a réussi !

Omni cligna des yeux.

– On est libres ? La partie est finie ?

Aja lui décocha un grand sourire :

– La partie est finie, hoqueta-t-elle. Il ne nous reste plus qu'à sortir de là.

Omni poussa un cri de joie. Ils se dirigèrent lentement vers la porte.

Dans un horrible bruit sourd, un grand mur de pierre s'abattit alors sur le sol, leur bloquant le passage, plongeant la pièce dans les ténèbres.

Aja sentit son cœur se serrer. Que se passait-il ? Elle avait résolu l'énigme ! Et maintenant, Nak lui dérobait sa victoire. Mais comment ? Elle avait gagné la partie !

Pour la première fois depuis des heures, elle reprit conscience de ce qui l'entourait. Elle avait oublié à quel point il faisait froid dans ce labyrinthe aux murs suintants. On se serait cru dans un réfrigérateur.

– Que va-t-on faire ? fit la voix frêle et aiguë d'Omni Cadcr.

– Je ne sais pas, Omni. Je ne sais vraiment pas.

CHAPITRE 9

Le froid. Ce fut la première sensation qu'eut Aja en revenant à la réalité. Elle avait *froid*. Le tube de saut lui semblait fait de glace. Elle resta un long moment allongée, les bras serrés autour du corps, secouée de frissons incontrôlables. Ses bras et ses jambes étaient courbattus.

Mais ce n'était pas le pire.

Elle avait échoué. Lamentablement. Elle se sentait déprimée. Le jeu de Nak avait été plus fort qu'elle.

– Elle est sortie, tu crois ? demanda une voix.

– Je crois, répondit une autre. Mais elle est en piteux état. Je n'avais encore jamais rien vu de tel.

Soudain, Aja fut prise de panique. *Oh, non !* On l'avait retrouvée. Avant qu'elle ait pu bouger – ou même penser – deux bras puissants la tirèrent du tube de saut. Elle se retrouva au milieu d'un demi-cercle de visages. La directrice Nilssin, l'homme des services d'Utopias qui était passé la voir ce matin, Dal Whitbred, un veddeur vétéran, qui martelait furieusement les instruments d'une unité médicale et un grand homme mince aux longs cheveux noirs et aux yeux bleu pâle. Celui dont l'inconnu enchaîné dans le labyrinthe lui avait donné le nom. Comment s'appelait-il déjà? Allik? Oui. Allik Worthintin.

La directrice Nilssin secouait la tête.

– Je n'y crois pas, dit-elle. Tu ne peux imaginer à quel point je suis déçue.

Aja était toujours secouée de frissons si violents qu'elle n'arrivait même pas à s'asseoir.

– Debout, ordonna Allik Worthintin.

– Il me faut un peu plus de temps, reprit le veddeur. Elle n'est pas encore stabilisée.

– Je m'en fiche, rétorqua Worthintin. Debout, jeune fille.

Aja obéit, ignorant ses jambes faibles.

– Sais-tu quels dégâts a entraîné ton petit tour de passe-passe? disait Allik Worthintin. Ton programme a pris le contrôle d'onze pour cent du noyau.

– Douze, corrigea Dal.

– Peu importe, rétorqua le directeur d'Utopias.

– Monsieur, je me dois de protester! déclara le veddeur, toujours courbé sur son unité médicale. Ses signes vitaux sont…

Allik Worthintin l'ignora.

– Aja, tu vas venir avec moi. Tu vas aller t'asseoir dans mon bureau, et tu vas me dire précisément comment désactiver ton programme.

– Ce n'est pas *mon* programme! s'écria Aja. Combien de fois faudra-t-il vous le dire…

C'est alors qu'une idée horrible lui traversa l'esprit. Elle avait vu Allik Worthintin en compagnie de Nak. Pourquoi quelqu'un d'aussi important qu'un directeur d'Utopias fréquenterait-il un gamin de seize ans? Ça n'était pas logique. À moins que…

À moins qu'Allik Worthintin sache très bien ce que mijotait Nak. L'homme du labyrinthe, ce Press – il prétendait qu'en réalité, Allik Worthintin était ce Saint quelque chose.

Elle se mit à claquer des dents.

– Regardez-la, Monsieur ! insista le veddeur. Ses lèvres sont violettes !

– Écoutez, reprit Aja, ce que je veux, c'est *arrêter* ce programme. C'est un jeu.

– Jeune fille, reprit la directrice Nilssin, si tu t'imagines que tout ceci est un jeu...

– Non ! Ce n'est pas ce que je veux dire. Le programme qui s'en prend au noyau – c'est un jeu. C'est un saut en tandem, et Omni Cader est toujours là-dedans. Il faut l'en sortir !

Nilssin se tourna vers Dal Whitbred.

– Venez ! s'écria Aja. Suivez-moi. Je vais vous montrer. Si vous avez pu me faire revenir à la réalité, vous pouvez faire de même pour Omni. Il confirmera tout ce que je vous ai dit.

– Passez-lui les menottes, dit Allik Worthintin à l'armoire à glace des services d'Utopias.

Mais avant qu'il ne puisse bouger, la directrice Nilssin s'interposa :

– Cela fait quarante-huit heures que ce garçon a disparu. S'il y a une chance qu'il soit là-dedans, il nous faut la saisir. (Elle se tourna vers Aja.) Nous te suivons.

– C'est juste au bout du couloir.

Aja dépassa l'armoire à glace aussi vite que le lui permettaient ses jambes. Elle se sentait mal et était secouée de frissons. Et après sa rencontre avec la Bête, son corps était couvert de bleus. Elle se dirigea vers le tube aux chaussures vertes.

Sauf qu'elles n'étaient plus là.

Le tube était vide.

– Mais…

– C'est là ? demanda la directrice Nilssin.

– Oui, chuchota Aja.

Les tubes étaient numérotés, et Aja n'oubliait jamais un chiffre. C'était le bon tube. Sauf que… Omni Cader n'était plus dedans.

Aja enfouit son visage entre ses mains. Dieu sait comment, Nak avait dû deviner qu'ils arrivaient. Il avait déplacé Omni pour le mettre dans un autre tube. Un instant, elle eut envie de se coucher par terre et de pleurer à chaudes larmes.

Dal Whitbred chuchotait dans son communicateur. Au bout d'un moment, il le remit à sa ceinture.

– Directeur Worthintin, dit-il, on en est à treize pour cent. Le programme semble s'accélérer.

– Amenez-la en haut, ordonna Allik Worthintin. Laissez-moi cinq minutes avec elle et je vous assure qu'elle finira par avouer !

Soudain, Aja repensa à ce qu'elle avait vu dans le labyrinthe. Cet homme, Press, lui avait dit qu'elle n'était pas comme les autres. Qu'elle était une Voyageuse et que son destin était de lutter pour sauver Veelox. Sa voix calme résonna à ses oreilles. *Parfois, la solution est qu'il n'y a pas de solution.* Qu'entendait-il par là ?

Elle se tourna vers Dal Whitbred et lui prit le bras :

– Je t'en prie, Dal ! Je crois pouvoir l'arrêter. Donne-moi encore une chance !

Allik Worthintin claqua des doigts à l'attention de l'armoire à glace des services de sécurité.

– Emparez-vous d'elle.

– Dal ! s'écria-t-elle en se cramponnant à son bras. Je te jure que j'essayais de mettre un terme à cette histoire de fous ! Si je veux désactiver le programme, il *faut* que je retourne dans Utopias !

Dal Whitbred la dévisagea. Manifestement, il avait envie de la croire.

– C'est *moi*, Dal ! Est-ce que je t'ai jamais donné à penser que je voulais provoquer quoi que ce soit qui puisse nuire à Utopias ? Directrice Nillsin ? Allons ! Ça ne me ressemblerait pas !

Dal et la directrice échangèrent un regard.

– Rien d'autre ne semble avoir le moindre effet, remarqua Dal.

La directrice hocha légèrement de la tête.

C'est absolument hors de question, rétorqua Allik Worthintin. Je vais l'interroger en personne, et sans plus tarder. (Il tendit le doigt vers Dal Withbred.) C'est un ordre !

Dal déglutit péniblement.

– Avez-vous l'autorisation expresse de tous les directeurs, Monsieur ? Parce qu'à moins qu'ils ne vous aient délégué toute l'autorité nécessaire, c'est *moi* qui suis compétent pour faire ce que je juge bon. Et là, je crois qu'il ne nous reste plus beaucoup de possibilités.

Les yeux bleu glacier d'Allik Worthintin fixèrent Dal avec intensité.

– Êtes-vous prêt à jouer votre poste sur ce coup de dés ?

– Oui, Monsieur, répondit-il d'une voix ferme mais calme.

Allik Worthintin n'eut rien à ajouter.

Alors que leurs regards s'affrontaient, le vétéran veddeur se leva. C'était un homme grassouillet aux traits nerveux.

– Les sécurités neuronales sont désactivées. Je ne peux garantir sa sécurité.

– Peu importe, répondit Aja. Je veux bien courir le risque.

Finalement, le directeur Worthintin leva les mains en l'air en plissant les lèvres de colère.

– D'accord ! Très bien, je m'en lave les mains.

Il tourna les talons et s'en alla à grandes enjambées.

– Renvoyez-moi là-dedans, déclara Aja.

CHAPITRE 10

— Tricheur ! cria Aja dans les ténèbres. Tu es un tricheur ! Tu n'es pas plus intelligent que moi ! Ni meilleur ! Tu n'es qu'un sale tricheur !

Tout d'abord, seul le silence lui répondit. Le silence, les ténèbres impénétrables et ce terrible froid. Omni Cader renifla.

Puis un petit rectangle de lumière apparut au-dessus de leurs têtes. Un œil les regarda.

— Oh, tu es si prévisible ! fit la voix de Nak, s'élevant de la petite ouverture.

— Prévisible ?

Une angoisse diffuse enserra l'estomac d'Aja. Et si elle s'était trompée sur le compte de Nak ? S'il n'avait jamais eu l'intention de la laisser sortir de là ? Il y aurait d'autres séquences. D'autres tours. D'autres chausse-trappes. D'autres Bêtes.

— Je ne suis pas un tricheur, répondit Nak. Je suis juste plus malin que toi.

— Désolée de te contredire, mais dès le premier jour, j'ai toujours été meilleure que toi.

— Justement ! s'écria Nak avec une pointe de triomphe dans la voix.

La petite ouverture par laquelle Nak parlait se referma, les laissant à nouveau dans le noir.

C'est alors qu'elle comprit. Elle n'avait pas examiné le problème d'assez près. Oui, il y avait bien une séquence dans cette pièce. Mais il y en avait également une dans le minutage. Les intervalles entre les configurations duraient d'une à cinq minutes. Ils devaient également former une séquence. Et s'il y avait un rapport entre les séquences et les symboles… Eh bien, là, on entrerait dans le domaine des mathématiques *très* avancées.

Au bout d'un moment, le grondement familier se fit entendre. Une *nouvelle* séquence, se dit Aja. Elle commençait à peine.

Mais comment ? Était-elle aléatoire ?

– Que fait-on ? demanda Omni.

– Je ne sais pas. Il faut que je fasse des calculs. Allons dans une salle éclairée.

– Mais… je croyais que tu avais dit que tu nous sortirais de là !

– J'en ai bien l'intention, affirma-t-elle avec une confiance qu'elle était loin de ressentir.

Une porte s'ouvrit lentement.

– Allons-y, dit-elle.

Elle passa son bras sous l'épaule d'Omni pour le soutenir. Ils s'avancèrent jusqu'à la prochaine salle, et s'y arrêtèrent.

Au bout d'un moment, le grondement se tut.

– Qu'est-ce qu'il y a là-dedans ? demanda Omni. Pourquoi est-ce qu'on ne continue pas ?

Elle secoua la tête.

– Je dois faire des calculs.

Omni la regarda, interloqué.

– Des calculs ? Comment est-ce que cela nous aidera à sortir d'ici ?

Aja se mit à griffonner sans répondre. Alors que les formules mathématiques défilaient dans sa tête, elle comprit son erreur. Il y avait *deux* séries de variables. Les symboles et les *intervalles* entre les configurations. Intervalles d'une à cinq minutes.

– Allez, on bouge ! s'écria Omni, lui prenant la main. Comment veux-tu qu'on sorte de là si on n'explore pas le labyrinthe ?

– Omni, je t'en prie…

– Allons-y ! Je veux partir ! Je veux passer dans une autre pièce ! Pourquoi est-ce qu'on doit s'arrêter ici ?

Elle haussa les sourcils. Voilà ! Elle y était. Elle comprenait maintenant pourquoi Nak prétendait ne pas tricher. Les intervalles entre les reconfigurations n'étaient qu'un leurre ! Ils étaient aléatoires.

Au contraire, Utopias reprogrammait les séquences selon l'endroit où on s'arrêtait. Si on suivait les symboles jusqu'au bout de la séquence, Utopias démarrait la suivante. Mais dans le cas contraire, si on s'arrêtait dans une salle qui n'était *pas* la dernière de la séquence, Utopias en générerait une nouvelle – une séquence basée sur le symbole de la porte de la salle où on s'était arrêté. Ce qui signifiait…

Elle se remit à griffonner.

– Allons-y ! supplia Omni.

– Attends ! cria-t-elle. Tais-toi !

Omni se laissa tomber sur le sol et se mit à pleurer.

– Écoute, je suis désolée, reprit-elle. Je ne voulais pas te crier dessus. C'est que…

Elle se mit à faire défiler les séquences le plus vite possible. Il devait bien y avoir un moyen de sortir de là. Nak avait nié être un tricheur. Lorsqu'elle avait déclaré être meilleure que lui en maths, il s'était écrié « Justement ! » comme si c'était un handicap. Comme si la résolution n'était pas mathématique.

Ce n'était certainement pas une idée débile comme d'abattre les murs avec une barre à mine. Et d'ailleurs, même si elle en avait une, cela ne marcherait pas. Ils étaient bien trop épais. Il y avait forcément autre chose.

C'est alors qu'elle comprit. Press avait dit « parfois, la solution est qu'il n'y a pas de solution ». Donc, celle-ci n'était pas mathématique ! Enfin, pas exactement. C'était… eh bien… de *l'anti-maths* !

Elle eut un bref sourire. Puis se mit à griffonner.

Il lui fallut encore trois actions et beaucoup de calculs, mais elle finit par y arriver. Lorsqu'elle eut trouvé la séquence, elle l'apprit par cœur.

– Allons-y, Omni !

– Tu as trouvé un moyen de sortir d'ici ?

Elle secoua la tête. Il lui jeta un regard désespéré.

– Alors pourquoi aller où que ce soit ? Ma cheville me fait mal. Je préfère rester allongé.

Aja le fixa d'un regard pénétrant.

– Tu me fais confiance ?

Il acquiesça.

– Alors c'est bon.

Ils se mirent en marche. Ils continuèrent, encore et encore, suivant la séquence de symboles qu'elle avait mémorisée. À travers toutes les reconfigurations.

– On y est bientôt ? demanda Omni après qu'ils eurent parcouru au moins six ou huit reconfigurations.

– On y est presque, chuchota Aja.

Les murs se remirent à bouger.

– C'est par là, dit Aja.

– Mais on est déjà passé par cette salle au moins cinq fois ! Il n'y a pas de sortie là-dedans !

– C'est exact, répondit Aja. Il n'y a pas de sortie.

Ils entrèrent dans la pièce. Elle avait un plafond haut et ses murs s'ornaient de toutes sortes de gravures effrayantes représentant la Bête.

– Stop ! s'écria Aja.

Pendant un moment, rien ne se passa.

C'est alors que les gravures se fractionnèrent, tels des reflets dans un miroir fissuré. Un sifflement emplit la tête d'Aja comme une bourrasque. Les images fracturées s'affadirent tandis que le sifflement s'amplifiait.

Puis, soudain, il n'y eut plus rien.

CHAPITRE 11

Aja se réveilla et se rendit compte qu'elle était de retour dans son tube de saut. Sa tête lui faisait mal. Elle claquait des dents. Son esprit était brouillé. Que se passait-il ?

Elle s'assit lentement. Toutes les lumières étaient éteintes et une pulsation sourde résonnait dans le bâtiment. Alors qu'elle titubait dans le couloir, elle vit une lumière rouge clignoter au mur.

Tout autour d'elle, des gens erraient, comme sonnés.

– Que se passe-t-il ? demanda un homme.

– Je ne sais pas, répondit une jeune femme. J'étais en train de rêver lorsque j'ai entendu ce drôle de bruit…

Les lumières clignotèrent avant de se rallumer pour de bon, le signal rouge s'éteignit et une voix rassurante s'éleva :

– Utopias vient de connaître une brève interruption de ses services. Désormais, tous nos systèmes fonctionnent à nouveau. Néanmoins, les sauts seront temporairement suspendus pendant que nous effectuons des vérifications de routine. Utopias s'excuse pour le dérangement.

Elle vit la directrice Nilssin près de son poste, à parler dans son communicateur. Elle se retourna et regarda Aja avec curiosité.

– Il s'est passé quelque chose avec Utopias, dit-elle.

C'est alors que tout lui revint.

– Je viens de m'entretenir avec Dal depuis la salle de contrôle du noyau. Nous avons eu un coup de chance incroyable. Il y a eu une brève coupure de courant, et le système tout entier s'est retrouvé paralysé. C'est la première fois depuis des années que cela nous arrive. Mais lorsque tout s'est remis à marcher, le programme était désactivé. Dal a pu l'isoler et l'effacer du système.

– Bien, répondit Aja.

La directrice la regarda de près.

– Aja ? Aja, ça va ?

– Maintenant que vous le dites, je me sens un peu bizarre.

Puis ses jambes la lâchèrent et elle s'effondra contre le mur.

CHAPITRE 12

Aja Killian était dans le bureau de la directrice Nilssin. Après son dernier saut, elle avait passé trois jours à l'hôpital. Maintenant, elle se sentait mieux. Et la directrice Nilssin l'accueillait pour son retour à l'école.

– Avez-vous trouvé Omni ? demanda Aja.

La directrice sourit.

– Il va bien. Il était dans un tube à un autre niveau de l'aile de recherches. (Son sourire se fana.) Mais pas moyen de retrouver Nak Adyms.

– Je doute qu'on remette la main sur lui, répondit Aja. Du moins pas de sitôt. Il est assez doué pour pouvoir travestir son identité, où qu'il aille.

– On m'a dit que Nak s'était introduit dans le code d'origine. Sans cette fermeture temporaire d'Utopias, tu aurais pu mourir dans ce jeu. Tu as eu beaucoup de chance.

– Non, répondit Aja, la chance n'a rien à voir avec ça.

La directrice fronça les sourcils.

– Que veux-tu dire ?

– Cette fermeture n'était pas accidentelle.

La directrice la regarda, perplexe.

– On peut dire ce qu'on veut de Nak, mais il ne triche pas. Il n'y avait qu'une seule façon de quitter le jeu. Le labyrinthe était conçu pour se reprogrammer selon les déplacements de ceux qui s'y trouvaient. Mais il suivait un algorithme très strict. La reprogrammation du mécanisme était la solution d'une séquence mathématique. À chaque fois qu'il se réactivait, il définissait l'endroit où vous deviez aller pour gagner la sortie. En fait, cette porte était un leurre, une diversion. Elle se refermait automatiquement avant qu'on puisse l'atteindre.

La directrice s'éclaircit la gorge.

— Je ne suis pas sûre de comprendre le rapport avec…

— Écoutez, reprit Aja, dès que j'ai compris que le chemin menant à la sortie était la solution à un problème mathématique et que ce problème dépendait des salles dans lesquelles j'entrais, je me suis contentée d'échafauder un problème que l'ordinateur ne pourrait *pas* résoudre.

La directrice ouvrit de grands yeux.

— Par exemple, une décimale qui ne correspond à aucune séquence et ne met pas fin au saut !

— Exactement. Ce fut mon point de départ. Il est possible de créer une équation mathématique sans fin. Afin de s'assurer que personne ne s'apercevrait ce qu'il mijote, Nak devait inscrire son code dans le noyau Alpha d'Utopias. Son jeu avait un accès de Priorité Un, comprenant la possibilité de modifier le code d'origine d'Utopias. Donc, dès que le programme s'est attelé à solutionner un problème impossible à résoudre, Utopias a mobilisé toute son énergie pour y parvenir. Et comme il était impossible à résoudre, le système a planté. Boum. Extinction automatique.

La directrice Nilssin toisa longuement Aja.

— Impressionnant.

— Mais il reste un point d'interrogation, reprit Aja. Dans le jeu, je suis tombée sur un homme. Un homme du nom de Press. Il m'a dit qu'il était entré dans le jeu en tandem, mais que Nak ignorait sa présence.

La directrice ouvrit de grands yeux.

— Press ? *Press* était dans le jeu ?

— Vous le connaissez ?

La directrice Nilssin eut un sourire plein d'affection.

— Il m'a raconté une drôle d'histoire, reprit Aja, comme quoi j'étais ce qu'il appelait une « Voyageuse ». Il n'avait vraiment pas l'air de faire partie du jeu. Il m'a dit qu'il ne pouvait aller me trouver personnellement à cause d'un type peu recommandable qui tournait autour de moi pour m'espionner ou quelque chose comme ça.

La directrice devint pâle comme la mort.

— *Quel* type peu recommandable ?

— Saint quelque chose. Saint Pane, Saint Cane…

— Saint *Dane* ?

Aja la regarda, intriguée.

— Oui, c'est ça. Selon lui, il se fait passer pour le directeur d'Utopias, Allik Worthintin.

La directrice resta un long moment sans rien dire. Puis, finalement, elle ouvrit un tiroir.

— J'ai là quelque chose dont j'aurais dû te parler beaucoup plus tôt. Mais… tu ne ménages pas tes efforts. J'imagine que je ne voulais pas te rajouter un fardeau de plus. Surtout si jeune.

— Quel fardeau ?

Aja sentait monter en elle un sentiment étrange – cette angoisse nerveuse qui s'emparait d'elle lorsque les choses ne se passaient pas comme elle l'avait prévu.

La directrice Nilssin se pencha pour poser un doigt sur le bureau, puis poussa quelque chose vers Aja.

Là, sur le bureau, il y avait un anneau argenté doté d'une pierre en son centre. Aja le ramassa pour l'examiner. D'étranges symboles étaient gravés dessus.

– Malheureusement, reprit la directrice, ce n'est pas un jeu. Press est bien réel. Tout ce qu'il t'a dit est vrai.

Aja avala sa salive.

– Avant que tu ne prennes cet anneau, continua la directrice, j'ai une question à te poser. Qu'as-tu appris de cette expérience ?

Aja fronça les sourcils en réfléchissant intensément.

– J'ai toujours cru qu'on pouvait résoudre n'importe quel problème en passant par la logique. Mais j'imagine que dans certaines occasions, ça ne suffit pas. Parfois, il faut s'en remettre à d'autres facteurs. Ses sentiments, ses émotions, quel que soit le nom qu'on leur donne. (Elle se tut avant de reprendre.) Vous vous souvenez du moment où Allik Worthintin m'a ordonné de le suivre dans son bureau ? Dal Whitbred aurait pu décider de me refuser l'accès à Utopias. Et pourtant, il a choisi de me faire confiance.

La directrice hocha la tête.

– Je veux dire, reprit Aja, que si on y réfléchit bien, ce n'était pas le choix le plus logique. Tous les indices convergeaient pour faire de moi la responsable de l'assaut contre le noyau. Mais je crois qu'il s'est fait une opinion en plongeant dans mes yeux. Ce qu'il y a vu lui a affirmé qu'il pouvait me faire confiance. Il a fait son choix en se basant sur son intuition.

Aja ramassa l'anneau et examina les symboles. C'étaient les mêmes que ceux qu'elle avait vus gravés dans la pierre à l'intérieur du labyrinthe.

– Je suis contente de t'entendre dire ça, déclara la directrice. Ta foi aveugle en la logique m'a toujours inquiétée. Maintenant, je crois que tu es prête.

– Prête ? Pour quoi ?

– J'ai encore bien des choses à te raconter. (Elle posa sa main sur celle d'Aja.) Car tu vois, je suis la Voyageuse de Veelox. Et tu es mon successeur.

**

Après cette étrange conversation avec la directrice, Aja ressortit de son bureau, mille pensées tourbillonnant dans sa tête. Ce que Press lui avait dit dans le jeu était donc vrai ? Cela semblait incroyable. Elle se sentait comme les ordinateurs d'Utopias, cherchant à résoudre un problème qui n'avait pas de solution logique. Elle n'avait pas l'habitude.

En tournant à l'angle du bâtiment, elle heurta un grand homme.

– Pardon, dit-elle.

Il fit un pas en arrière. Il avait des cheveux d'un noir de jais et les yeux bleus les plus pâles qu'elle ait jamais vus. C'était Allik Worthintin. Un frisson descendit le long de son échine. Si tout ce que la directrice Nilssin lui avait dit était exact, cet homme était son pire ennemi.

Mais à voir son expression, on ne l'aurait jamais cru.

– Tu n'as pas à t'excuser, Aja, dit-il d'un ton agréable, puis il se pencha comme s'il voulait lui faire une confidence : Mais par souci d'équité, je me dois de te prévenir…

Il écarta légèrement les mains.

– Me prévenir de quoi ? rétorqua-t-elle.

Avant de tourner les talons pour s'en aller d'un pas vif, le grand homme lui sourit et lui décocha un clin d'œil.

– La partie ne fait que commencer.

ELLI WINTER

CHAPITRE 1

– Sauve qui peut !

Elli Winter se tenait tout au fond d'un trou de deux mètres de profondeur. Sa pelle venait de heurter la boîte. Elle leva les yeux pour voir d'où venait ce cri. Elli n'était pas bien grande, et le trou était si profond qu'elle ne voyait rien, qu'un ciel bleu dépourvu de nuages.

– Un hélico ! cria une autre voix. Les dados arrivent ! Fuyons !

C'est alors qu'elle entendit le bruit rythmé des pales à l'horizon. Elle se pencha et redoubla d'efforts. Peut-être pouvait-elle encore récupérer la boîte avant l'arrivée des dados de sécurité. Quelque chose lui disait que sa trouvaille était importante. C'était la dernière excavation qu'entreprendrait son équipe. Elle devait courir ce risque et continuer de creuser.

– Fuyez ! Vers les arbres !

Elle reconnut la voix d'Olana Carlings, la chef d'équipe.

Le trou était creusé au milieu d'une grande clairière entourée de petites montagnes boisées. Olana avait sûrement raison. S'ils s'enfuyaient dès maintenant, ils avaient une chance de disparaître dans les forêts, où les dados ne pourraient pas les retrouver.

Elle préféra insérer la lame de la pelle dans la terre molle et la ramena en arrière. Elle sentit bouger la boîte longue et mince. Peut-être, *peut-être* récupérerait-elle son contenu à temps.

***

À peine avait-elle gagné le couvert des arbres qu'Olana Carlings tira ses jumelles. Toute l'équipe était en sécurité – sauf Elli.

Elle était restée là, dans le trou, et continuait de creuser. Même depuis sa position élevée, Olana pouvait voir qu'Elli ignorait l'hélicoptère noir en approche. Celui-ci était frappé du logo de Blok – l'entreprise toute-puissante qui contrôlait l'ensemble du territoire de Quillan.

– Mais que fait-elle ? marmonna Olana.

Un autre membre de l'équipe secoua tristement la tête alors que l'hélico descendait vers le trou.

Olana plissa les yeux, cherchant à mieux voir l'image tremblante que lui transmettaient les jumelles. Elli, très calme, actionnait le loquet de la boîte.

– Elle l'a déterrée. Elle l'ouvre.

C'est alors que quatre cordes noires se déroulèrent de l'hélicoptère jusqu'au sol. Quatre dados de sécurité tout de vert vêtus apparurent, empoignèrent les cordes et se mirent à descendre en rappel.

– Quel dommage, dit un autre membre de l'équipe. On dirait que c'est le bout de la route pour la femme de ménage.

CHAPITRE 2

Cinq ans plus tôt…

– Il y a une route, dit une voix.

– Pardon ? répondit Elli Winter, levant les yeux pour voir qui s'adressait à elle, la distrayant des terribles pensées qui s'agitaient dans sa tête.

Un homme se tenait derrière un comptoir à l'arrière de l'arcade de jeux. Il souriait.

– Il y a une route, répéta-t-il. Et à la fin de cette route, on en trouve une nouvelle.

Elle pencha la tête sur le côté.

– Pardon, c'est à moi que vous parlez ?

L'inconnu lui fit signe de se rapprocher. C'était un grand homme, plutôt beau, portant un drôle de costume de couleur vive. Comme la majorité des habitants de Quillan s'habillaient tout en gris, il était inhabituel de voir quelqu'un ainsi vêtu.

– Vous souffrez, dit-il. C'est évident. Vous avez subi une grande perte. Un être aimé, peut-être ?

Elle le dévisagea en ouvrant de grands yeux. Comment pouvait-il savoir ? Elle n'avait reçu la lettre que ce matin. Le dernier clou dans le cercueil de sa vie.

Marvek Winter, son mari depuis vingt ans, était mort en travaillant au tarz. C'était un bon époux et un père dévoué – l'homme le plus généreux qu'elle ait jamais connu. Et maintenant, il était mort.

– Mon mari, dit-elle simplement.

– Oui, acquiesça l'homme, et son sourire se teinta de tristesse. Je sais. Vous croyez être au bout de la route. Vous croyez ne plus être capable de vous occuper de votre fille. Vous pensez que vous ne servez plus à rien.

Une part d'Elli se demanda comment il pouvait en savoir autant sur elle. D'un côté, elle lui en voulait d'avoir ainsi envahi sa petite bulle de douleur. Mais Elli était quelqu'un de poli et affable. Crier après les autres n'était pas dans sa nature. Si bien qu'elle se contenta de dire :

– Oui, mais… comment le savez-vous ?

L'homme lui montra l'écriteau accroché à son comptoir.

LA BONNE AVENTURE
DÉCOUVREZ VOTRE AVENIR
POUR SEULEMENT 6 CRÉDITS !

– Oh, dit-elle. Je suis désolée. Je ne savais pas. Je n'ai pas d'argent. Je ne peux pas vous payer.

Elle tourna les talons et s'en alla d'un pas mal assuré.

– Pas grave ! lança la voix joyeuse de l'homme alors qu'elle se dirigeait vers la porte de l'arcade. C'est gratuit ! Offert par la maison, filiale de l'entreprise Blok !

Elle poussa le levier de la porte et tituba dans la rue. Alors que le panneau se refermait, cette même voix sembla la poursuivre :

– Même au bout de la route, il y en a une autre !

102

Elli Winter n'avait jamais formulé les choses en ces termes, mais cet homme avait raison. Elle avait passé l'année précédente à vivre en somnambule, faisant de son mieux pour ne penser à rien.

Jusqu'à cette année fatidique, elle avait connu une existence parfaite, du moins autant que possible sur Quillan. Elle avait un emploi stable comme femme de ménage dans un des bâtiments de Blok, et son mari travaillait également. À eux deux, ils ne gagnaient pas vraiment des fortunes, mais ils vivaient une existence stable et modeste. Et il y avait Nevva, leur fille adorée. Durant les dix premières années de leur mariage, Elli avait entendu bon nombre de docteurs lui dire qu'elle ne pouvait pas avoir d'enfants. Et sur Quillan, adopter n'était permis qu'à ceux qui en avaient les moyens. Mais un beau jour, un miracle était arrivé – un miracle qui leur avait apporté Nevva.

Dès le départ, elle avait été une enfant prodige. Elli et Marvek s'étaient entièrement consacrés à son épanouissement. Lorsqu'on avait découvert qu'elle était une surdouée, ils avaient économisé jusqu'au moindre sou pour l'envoyer dans les meilleures écoles. Sur Quillan, celles-ci n'étaient pas gratuites. Et plus elles étaient prestigieuses, plus elles étaient chères.

Celle qui avait accepté Nevva s'était avérée trop coûteuse pour leurs maigres ressources.

Alors Marvek s'était mis à parier aux jeux. Au départ, il s'en était plutôt bien tiré. Mais, inévitablement, sa chance avait fini par tourner. C'est pourquoi, en désespoir de cause, il était venu dans cette même arcade. Il avait fait le pari ultime : sa vie en échange de la montagne de dettes qu'il avait accumulées.

Et il avait perdu. On l'avait envoyé directement au tarz, cette centrale énergétique qui alimentait tout Quillan. Un lieu hautement toxique. Pour ceux qui y travaillaient, cela équivalait à une sentence de mort.

L'année suivante, Elli avait repris le cours de sa vie sans Marvek. Tant qu'il était en vie, elle gardait encore une lueur d'espoir. Peut-être que la situation s'améliorerait. Peut-être que Blok prendrait pitié de lui et le laisserait rentrer à la maison.

C'était un rêve, rien de plus. Mais un rêve qui la poussait à sortir de son lit, peigner les cheveux de Nevva, lui préparer son déjeuner et l'envoyer à l'école. Elli savait que, comme tous les rêves, celui-ci était creux. Pendant un an, elle avait à peine pu regarder Nevva dans les yeux. Elle n'avait pas pu l'aimer comme une mère doit aimer son enfant. Parce qu'à chaque fois qu'elle voyait Nevva, elle pensait : « Si seulement tu n'étais pas là, Marvek rentrerait encore du travail chaque jour, il m'embrasserait, lirait son journal, dînerait, sourirait, rirait... » Bien sûr, ce n'était pas la faute de Nevva, mais Elli ne pouvait empêcher ces sombres pensées de s'infiltrer dans son esprit.

Quel genre de mère envisagerait une chose pareille ?

La lettre était arrivée le jour même.

La filiale énergétique de Blok Entreprises a le malheur de vous annoncer la mort de...

Et ç'avait été la fin. La fin de l'espoir.

Elle avait roulé la lettre en boule, l'avait jetée à la poubelle, puis avait dit à Nevva :

– Il faut que j'aille faire un tour, chérie. Fais tes devoirs.

– Oui, m'man.

Si tranquille. Nevva lui faisait une confiance absolue. Confiance dont elle ne se sentait pas digne.

Maintenant, elle était là, à marcher dans la rue balayée par un vent froid. Un coup de tonnerre retentit, puis une pluie glaciale et impitoyable se mit à tomber.

La rue était peuplée de monde, des gens nerveux et fatigués, tous vêtus de gris. Elli dut se frayer un chemin à travers la foule. Tout autour d'elle, les bâtiments du même gris semblaient les étouffer.

Elli regarda ce décor comme si elle le voyait pour la première fois. Cette ville avait-elle toujours été aussi laide, triste, misérable ?

Soudain, elle s'arrêta net. Devant elle s'élevait une barrière pour arrêter les piétons. De l'autre côté, il y avait un immense trou dans le sol. À peine quelques mois plus tôt, des immeubles s'élevaient à ce même emplacement. On devait les avoir démolis pour construire une nouvelle structure.

Un grand panneau proclamait :

FUTURE RÉSIDENCE DE LA DIVISION ARTS
ET SPECTACLES DE BLOK ENTREPRISES
TOUT POUR VOUS DISTRAIRE !

L'écriteau était de guingois et pendait dans le vide.

Elle contempla le spectacle. De tous côtés, de grandes quantités d'eau s'écoulaient, transformant le chantier en un immense marécage. Au centre du trou, plusieurs excavatrices remuaient la terre. À l'autre bout, des nuées d'hommes épuisés aux visages lugubres creusaient avec des pelles. Mais l'eau avait détrempé la terre, la transformant en boue. À chaque fois qu'ils en soulevaient une pelletée, une autre masse gluante s'écoulait dans le vide ainsi formé.

Creuser un trou qui ne cessait de se remplir. Voilà qui semblait symboliser son existence même. Un gâchis sans espoir ni but. S'il n'y avait pas Nevva...

Soudain, un cri retentit, venant du centre du chantier.

– En arrière ! En arrière !

Un homme de la taille d'une fourmi sauta du siège d'une des grandes excavatrices et partit en courant. Comme il avait de la boue jusqu'aux cuisses, il semblait se déplacer au ralenti.

– Sauve qui peut ! cria un autre. Ça va s'effondrer !

C'est alors qu'elle entendit un énorme craquement. Au centre du chantier, quelque chose avait cédé. Un énorme trou aux bords irréguliers s'ouvrait telle la gueule d'un monstre enseveli aux dents ébréchées.

Pris de panique, les terrassiers abandonnaient leurs pelles et couraient vers le petit chemin de terre qui menait à la surface.

Le chantier devint un immense tourbillon tandis que l'eau et la boue s'écoulaient vers le trou pour disparaître dans les entrailles de la terre. L'air s'emplit de hurlements. La cavité s'agrandissait. Les énormes engins se couchèrent et s'abîmèrent dans cette gueule affamée béant au centre du chantier.

« C'est donc ça ? pensa Elli. C'est le bout de la route ? »

Pour des raisons qu'elle n'aurait su exprimer, elle se sentit attirée par le puits. Elle fit un pas en avant. Puis un autre. Elle escalada la barrière. Une fois au bord de l'excavation, elle resta plantée là, comme hypnotisée. Des fragments d'argile de la taille d'une voiture se détachèrent des parois pour glisser au ralenti vers le cœur du tourbillon, l'éclaboussant d'eau et de boue.

« Je devrais me reculer, se dit-elle. Je devrais vraiment reculer. » Mais elle ne bougea pas.

Quelque chose céda sous ses pieds. Puis elle tomba dans le vide, son monde gris tourbillonnant autour d'elle.

CHAPITRE 3

« Un ciel jaune. Comme c'est bizarre. »

Ce fut la première chose que pensa Elli en reprenant connaissance. Que le ciel était jaune. Elle cligna des yeux.

– Regardez ! fit un homme. Elle se réveille.

– Ne la laissez pas voir nos visages ! rétorqua une autre voix masculine agressive.

Elli cligna des yeux une fois de plus. Non, tout compte fait, ce n'était pas un ciel, mais un plafond. Qui peindrait un *plafond* en jaune ? De plus en plus bizarre.

Elle s'assit, s'étrangla, toussa. Sa bouche était pleine de terre, et elle avait l'impression d'avoir de l'eau dans les poumons.

Des souvenirs commencèrent à lui revenir. Elle était tombée dans ce trou. Et après ? Rien. Le noir. Le noir et l'impression d'être entraînée par l'eau – de virevolter, de tournoyer, de se cogner aux parois.

– Où suis-je ? demanda-t-elle.

Ils étaient trois. Deux d'entre eux couvraient le bas de leurs visages avec les pans de leurs chemises. Le troisième, un véritable colosse, portait un masque noir.

– Tais-toi, dit-il brutalement, et ne bouge pas.

Elli fronça les sourcils. Était-elle en train de rêver ? Elle regarda autour d'elle. Elle se trouvait dans ce qui ressemblait à un grand entrepôt. Des rangées d'étagères emplissaient l'immense espace. Manifestement, l'un des murs avait été fracassé par une coulée de boue.

— Mais… que s'est-il passé ?

— L'un des anciens couloirs du métro souterrain s'est effondré. Un flot d'eau s'en est écoulé et a défoncé le mur de…

— Chut ! cria le colosse masqué.

Mais ses souvenirs lui revenaient. Elle se tenait au bord de ce gouffre qui semblait l'attirer. Puis la chute. Puis le noir. Le noir et l'impression d'être entraînée dans les entrailles de la terre par un flot de boue.

Le colosse chuchota aux autres :

— On ne peut pas la laisser…

Il ne termina pas sa phrase.

— Tu veux dire… reprit une voix de femme, qui ne termina pas sa phrase non plus.

Le troisième, un homme plus petit, prit la parole à son tour :

— Quoi ? Vous voulez la tuer, c'est ça ?

Le colosse haussa les épaules :

— On n'a pas le choix. Si on la laisse partir, elle ira trouver la sécurité de Blok, et dans une heure, des dados viendront abattre notre porte.

Silence.

— Tu sais que j'ai raison, insista le colosse.

Elli mit une bonne minute à comprendre : c'était d'elle qu'ils parlaient ! Et pourtant, d'une certaine façon, elle s'en moquait. Le bout de la route. Elle était arrivée au bout de la route. Non ?

– Tylee arrivera aux premières heures demain matin, reprit la femme. Elle décidera de son sort.

– Elle ne risque pas de s'en aller, reprit l'autre homme. Laissons-la ici. Que Tylee s'en charge.

– Il faut qu'on évacue les lieux dès maintenant, insista le colosse. Si les hommes de Blok descendent ce couloir, ils nous trouveront. On ne peut pas courir ce risque.

– Mais il faut qu'on nettoie tout !

Les deux autres acquiescèrent à contrecœur. Le colosse se tourna vers Elli :

– Ce hangar est bien gardé. Si tu essaies de t'enfuir, ils tireront à vue. Compris ?

Elli acquiesça.

– Reste là. Nous serons de retour demain matin.

Le trio tourna les talons et s'en alla. Elle entendit l'écho de leur pas, qui finit par s'éloigner.

Elli se leva et jeta un regard apeuré autour d'elle. Ses poumons la faisaient souffrir et elle ne pouvait s'empêcher de tousser. Ses vêtements étaient souillés de boue. Elle frissonna et se demanda s'il y avait un endroit où elle pourrait se nettoyer. Elle erra dans le bâtiment pendant quelques minutes, explorant les lieux. Les rangées d'étagères s'étendaient apparemment jusqu'à l'infini. Chacune était remplie de cartons bon marché, dont certains avaient l'air très vieux.

Elli ne put s'empêcher de se demander qui étaient ces gens qui l'avaient trouvée. Ils avaient l'air de faire partie d'une organisation criminelle quelconque.

Mais pourquoi une organisation criminelle garderait-elle un entrepôt souterrain rempli de cartons de quatre sous ? Elle décida de voir ce qu'il y avait dans l'un d'entre eux. Elle y trouva une série de petits tableaux. Elli était loin d'être une experte en peinture, mais ils ressemblaient à des aquarelles. Elle en sortit une pour l'examiner. Dans un coin, elle trouva la date. Ce tableau avait plus de deux cent cinquante ans ! Et pourtant, les couleurs étaient toujours aussi brillantes. C'était le portrait d'une fille vêtue d'une robe bigarrée qui riait en jouant au milieu d'un champ de fleurs.

Elle n'avait jamais rien vu de tel. Elle n'aurait su dire pourquoi, mais cette image lui coupait le souffle. Elle fouilla un autre carton. Encore des tableaux. Magnifiques. Ils étaient si beaux, si colorés qu'ils semblaient venir d'un autre monde. Un autre carton. Toujours des tableaux. Chacun d'entre eux représentant des fleurs bigarrées. Des jaunes vifs, des rouges éclatants, des bleus et des violets intenses. Elle sentit monter en elle un sentiment de paix et de calme.

Elle regarda l'endroit où le mur avait été défoncé. Là, les cartons étaient dispersés sur le sol et couverts de poussière. Horrifiée, elle réalisa que chacun d'entre eux devait contenir des objets d'une beauté égalant celle qu'elle venait de découvrir. Et les tableaux seraient fichus !

Elli rampa sur les débris de béton pour ramasser les cartons. Elle perdit toute notion du temps. Elle se sentait obligée d'en sauver le plus possible.

Une fois les cartons sortis de la boue, elle se mit à les ouvrir un par un. Parfois, les tableaux étaient trop abîmés. Après avoir soigneusement vidé le contenu d'une boîte pour constater que son contenu était irrécupérable, elle fondit en larmes.

« Qu'est-ce qui me prend ? » se demanda-t-elle.

Soudain, une idée la frappa – elle ignorait depuis combien de temps elle s'affairait ainsi. Était-ce le jour ou la nuit ? Impossible de le dire.

Tout ce dont elle était sûre, c'était que Nevva, sa fille, devait être rentrée et se demandait sûrement où était passée sa mère. À cette idée, son estomac se serra. Mais Elli savait également que même si elle avait pu quitter cet étrange entrepôt souterrain, elle n'aurait pu se résoudre à rentrer chez elle.

Donc, elle ramassa un autre carton et tenta de ne plus penser à Nevva.

Avec un maximum de précautions, elle se mit à nettoyer les toiles. Mais il lui faudrait également les sécher. Elle fit le tour du bâtiment pour trouver une salle contenant quelques fournitures de bureau, y compris un rouleau de ficelle.

Elle la déroula et l'attacha entre deux étagères. Lorsqu'un tableau était mouillé, elle le posait sur cette corde à linge improvisée. Bientôt, il y eut toute une série de toiles au-dessus de sa tête.

Elli ne ménageait pas ses efforts. Plus elle s'affairait, plus elle nettoyait, mieux elle se sentait. Elle avait l'impression que c'était sa vie qu'elle purifiait.

Finalement, ses yeux la brûlèrent et la fatigue s'empara d'elle. Et pourtant, elle continua sa tâche. Si elle s'arrêtait ne serait-ce qu'une seconde, tant de beauté serait perdue !

Cependant, elle ne pouvait retarder l'inévitable.

Elle s'assit sur une chaise et s'endormit aussitôt. Lorsqu'elle se réveilla, son cou et son dos étaient tout raides. Elle regarda autour d'elle. Le gâchis restait considérable, comme si elle n'avait rien fait.

Elle se remit au travail et se surprit à marmonner de petites phrases. Des jingles publicitaires, de petits poèmes humoristiques. Elli avait toujours été capable de graver dans sa mémoire à peu près tout ce qu'elle lisait ou entendait, si bien que sa tête était remplie de mots inutiles.

Et tout en s'affairant, elle se les répéta encore et encore.

– Ce n'est pas juste propre. C'est la propreté Blok ! Ce n'est pas juste propre. C'est la propreté Blok !

C'était la pub pour la marque de lessive dont elle se servait. Bien d'autres phrases étaient inscrites dans sa tête. Elles lui occupaient l'esprit, l'empêchant de se dire qu'elle était une mère déplorable, de se demander où était Nevva et ce qu'elle pouvait bien penser.

– Ce n'est pas juste propre. C'est la propreté Blok ! Ce n'est pas juste propre. C'est la propreté Blok !

Elle continua ainsi encore un long moment. Elli Winter n'avait aucune idée du temps qui s'était écoulé. Le colosse masqué avait dit qu'ils reviendraient le lendemain matin, lui et les autres, mais ils n'étaient toujours pas là. Et s'il y avait effectivement des gardes, elle n'en vit pas un seul.

Pendant longtemps, il ne vint personne. Une semaine, peut-être. Comme elle n'avait pas de montre, elle ne pouvait en être sûre.

Et durant tout ce temps, elle ne fit rien d'autre que travailler. Lorsqu'elle eut faim, elle trouva à manger dans un réfrigérateur. À un moment, elle lava ses vêtements dans la salle de bains, puis la boue qui imprégnait son visage, ses cheveux, ses ongles. À part cela, elle ne fit que travailler et dormir.

Puis, tout d'un coup, elle vit des hommes en armes passer une porte pour investir l'entrepôt.

– Face contre terre ! cria l'un d'entre eux. Allez ! Obéis ! Vite !

Elli obtempéra, étalant ses bras sur le sol de béton froid.

« Le bout de la route. » Elle l'avait retardé de quelques jours. Et maintenant, elle l'avait atteint à nouveau.

« Eh bien, au moins, j'aurai sauvé quelques chefs-d'œuvre avant de disparaître. »

CHAPITRE 4

Elli Winter resta prostrée contre le sol pendant que les hommes masqués se déplaçaient silencieusement dans l'entrepôt. Elle s'attendait à ce qu'ils s'occupent d'elle d'une façon ou d'une autre, mais en réalité, ils semblaient l'ignorer.

Tout d'abord, elle crut avoir affaire à des dados de sécurité, mais non. C'étaient des hommes normaux, en tenue militaire, avec des masques noirs sur le visage. Ils semblaient chercher quelque chose.

Finalement, l'un d'entre eux parla dans sa radio :

– Ni dados, ni micros. L'endroit est sécurisé. Tylee peut venir.

Pendant un moment, les hommes masqués restèrent silencieux. Elli était toujours immobile. Des mots, des phrases traversèrent son esprit. *Ce n'est pas juste propre. C'est la propreté Blok! Ce n'est pas juste propre. C'est...*

Puis une femme mince finit par apparaître dans l'entrée la plus proche et se dirigea vers Elli. C'était la première personne à se présenter dans cet entrepôt le visage découvert. Et au premier coup d'œil, on voyait que cette femme n'était pas n'importe qui. Elle dégageait

117

une aura d'autorité, de commandement. Dès qu'ils la virent, les hommes semblèrent se redresser.

La femme s'arrêta le temps d'étudier soigneusement tout ce qui l'entourait.

– Qui a fait ça ? demanda-t-elle d'un geste de la main embrassant tout ce décor.

Elli scruta les lieux pour la dernière fois. Le sol était d'une propreté immaculée. Elle avait retiré les débris de ciment, nettoyé la boue. Et chaque tableau susceptible d'être sauvé était désormais accroché à une des centaines de cordes à linge s'entrecroisant entre les étagères. En se rappelant le chantier dont elle avait hérité, Elli s'étonna presque de ce qu'elle avait accompli.

– Moi, répondit-elle doucement.

Tylee fronça les sourcils.

– On m'a dit que cet endroit avait subi de gros dégâts, lança-t-elle à un des hommes.

– C'est vrai.

Elle reconnut son interlocuteur : c'était le colosse qui l'avait recueillie. Il semblait intrigué.

– Debout, ordonna la femme.

Elli obéit. Elle se sentait étourdie et mal assurée, comme au sortir d'un rêve. Une forêt de couleurs était suspendue au-dessus de sa tête.

– C'est *toi* qui as fait tout ça ?

Elli acquiesça.

– Je m'excuse.

La femme pencha la tête sur le côté avec curiosité.

– Tu t'excuses ?

– Je n'aurais dû toucher à rien.

– Pourquoi ? Pourquoi as-tu tout nettoyé ?

Elli fronça les sourcils. Elle-même ne savait pas trop. Elle n'y avait pas vraiment réfléchi. Elle l'avait fait, voilà tout. Elle regarda les peintures multicolores au-dessus de sa tête et dit enfin d'une voix hésitante :

– C'est que – ces toiles sont si magnifiques ! Je... je ne voulais pas que toute cette beauté soit perdue à jamais.

La femme avait des yeux brun foncé. Soudain, ils s'emplirent de chaleur. Elle acquiesça et eut un sourire triste.

– Oui. C'est exactement ça, non ?

Elli s'assit sur le sol et leva les yeux vers la forêt de couleurs. Un sentiment de satisfaction intense lui gonfla la poitrine. À part s'occuper de Nevva, c'était la première fois de sa vie qu'elle avait l'impression d'avoir fait quelque chose d'important.

– Je m'appelle Tylee, lui dit la femme.

– Puis-je vous demander ce qu'est cet endroit exactement ?

– C'est un entrepôt, répondit Tylee. Tout ce qui est jamais arrivé sur Quillan, tous les écrits des anciens, notre histoire, notre musique, nos tableaux, notre science et nos inventions – tout ce qu'était Quillan avant Blok – est stocké ici.

– Pour quoi faire ? demanda Elli intriguée.

– Nous sommes de revivalistes, répondit Tylee. Un jour, nous sortirons de notre trou pour détruire Blok. Nous conservons tout ça pour l'après-Blok. Pour le Renouveau.

– Oh.

Les adeptes du Renouveau ! Elle en avait déjà entendu parler, mais uniquement à voix basse. C'était un groupuscule cherchant à détruire l'ordre établi et plonger le monde dans le chaos. Du moins c'est ce qu'on disait d'eux. Des fous poseurs de bombes, des malades mentaux, des bandits, des criminels, des meurtriers !

Sauf que... ces gens n'avaient pas l'air d'être des psychopathes. S'ils essayaient de préserver toute cette beauté, pouvaient-ils vraiment être aussi mauvais ?

– Je ne peux te laisser repartir, déclara Tylee. Tu me comprends, n'est-ce pas ?

Elli haussa les épaules.

– Je n'ai aucune envie de m'en aller, répondit-elle doucement.

– Quoi ? s'exclama l'homme masqué.

Elli secoua la tête :

– Je n'ai rien qui m'attend là-dehors. Ma vie... (Elle désigna le mur éboulé.) Ma vie là-bas est terminée. Je suis au bout de la route.

– Tu ne peux tout de même pas rester là ! grogna le colosse.

– J'aime bien faire le ménage, répondit Elli. Je peux continuer à tout nettoyer.

Le colosse se tourna vers Tylee.

– Enfin, Tylee ! Je suis sûr que c'est quelqu'un de bien et tout ça, mais un jour, elle va détruire cet entrepôt. On ne sait même pas son nom !

– C'est peut-être inutile, répondit Tylee.

– J'aime bien faire le ménage, répéta Elli.

– Nous avons des gardes. Des archivistes. Pas mal de monde passe par ici. Ils pourront garder un œil sur elle.

– Tylee...

– Ma décision est prise, Bart ! rétorqua-t-elle. Si nous la tuons, nous ne serons pas différents de Blok. Elle reste. Point final.

Le colosse secoua la tête d'un air dégoûté.

– De toute façon, renchérit Tylee, on avait besoin d'une femme de ménage. (Elle regarda le mur défoncé.) Maintenant, fais venir quelqu'un qui pourra réparer ce mur !

– Oui, M'dame, répondit le colosse.

Tylee claqua dans ses mains.

– Allez, Messieurs ! Exécution !

Tous retirèrent leurs masques. Quelques instants plus tard, l'entrepôt bourdonnait d'activité.

Elli resta là, à les regarder s'affairer.

« Je pense que je devrais faire quelque chose », se dit-elle. Elle tourna en rond jusqu'à ce qu'elle trouve un placard. Un balai était posé contre une étagère remplie de produits ménagers qui, apparemment, étaient là depuis des années.

Elle s'empara du balai et se mit au travail.

CHAPITRE 5

Elli Winter s'enferma vite dans une routine. Chaque matin, elle se levait et prenait une douche. Puis, durant toute la journée, elle faisait le ménage. Après le dîner, elle se trouvait un livre à lire. Une section de l'entrepôt était une vraie bibliothèque comprenant des milliers – des millions, peut-être ! – de vieux bouquins.

Les adeptes du Renouveau donnaient à cet entrepôt le nom de code de « Monsieur Pop ». Drôle d'idée. Mais Elli Winter ne remettait pas en question les choix des autres.

Les livres qu'elle lisait lui ouvraient la porte sur un monde bien différent de celui dans lequel elle évoluait. C'était difficile à exprimer... mais les personnages de ces romans semblaient vivre beaucoup plus intensément.

Puis, lorsqu'elle se sentait fatiguée, elle allait se coucher dans le placard à balais. Elle y avait installé une paillasse et dormait la tête à côté de l'étagère à produits d'entretien. À part ce qu'elle avait sur le dos, elle n'avait qu'une seule chose qui lui appartienne : une photo cornée de Nevva qui se trouvait dans sa poche lorsqu'elle avait été entraînée dans le puits. Elle avait adossé ce cliché à une bouteille de détergent Blok.

Chaque nuit, avant d'éteindre la lumière, elle embrassait la photo jaunie. Puis elle s'endormait.

***

Elli ne parlait pas beaucoup. Beaucoup de monde travaillait dans cet entrepôt. Tous portaient des tabliers verts et s'occupaient de ce qui y était stocké. Les conservateurs ne se parlaient que par murmures. Personne ne lui témoignait la moindre hostilité, mais ils gardaient leurs distances. Elle n'était pas comme eux. Elle le savait et eux aussi. Ils avaient tous choisi d'être ici. Leur simple présence témoignait de leur courage, leur foi, leur force. Elle, par contre, n'était là qu'à cause de sa faiblesse et de sa lâcheté, parce qu'elle était incapable de faire face.

Cela ne la dérangeait donc pas que personne ne lui adresse la parole.

« Je vais juste balayer ce coin, si ça ne vous dérange pas », disait-elle. Ou alors : « Si vous permettez, je vais me glisser là-dessous et vider les poubelles. »

D'une certaine façon, elle aimait cet anonymat. Elle passait au milieu d'eux, presque invisible, comme un fantôme.

***

Un jour – peu après son entrée dans l'entrepôt, bien qu'elle ait perdu la notion du temps dans ce sous-sol – un groupe d'hommes et de femmes se rassembla près de la sortie principale du bâtiment. Il faisait nuit et l'entrepôt était désert. La plupart des conservateurs ne venaient que durant la journée.

– Où est Gaff ? demanda une femme athlétique.

– Il devrait être déjà arrivé, répondit un grand homme aux cheveux roux.

– On ne peut plus attendre, ajouta la femme.

– Mais s'il nous manque un membre de l'équipe…

– Cette excavation est importante, répondit la femme, qui semblait être la chef du groupe. Il faut qu'on y aille.

Elli avait entendu parler de ces missions d'excavation, mais elle n'avait aucune idée de leur but. Et elle n'avait pas posé la question. D'abord, elle savait rester à sa place, ensuite, dans cet environnement, tout était confidentiel. Personne ne se servait de son vrai nom. Comme cela, si un jour, les dados faisaient une descente, nul ne pourrait dénoncer ses collègues en clandestinité.

– S'il nous manque un membre, on n'y arrivera jamais, déclara un homme aux cheveux noirs.

Elli le reconnut : c'était Bart, le colosse qui l'avait découverte lorsqu'elle avait échoué chez M. Pop.

– Alors laissons tomber, reprit un autre homme.

– Pas question, répondit la femme taillée comme une athlète. Trouve quelque chose, Bart.

– Écoute, Olana, reprit l'homme, je suis responsable des fouilles, et je te dis que c'est impossible. Pas dans le délai qui nous est imparti. Il me faut quatre personnes pour manier la pelle, ou je n'y vais pas. Point final.

Bart et Olana. Elli avait déjà entendu ces deux noms, toujours en connexion avec les excavations. Mais c'était la première fois qu'elle voyait Olana en personne.

– Pourquoi pas elle ? demanda le roux en désignant Elli.

Celle-ci cligna des yeux. Tout le monde se tourna vers elle.

— Comment… la *femme de ménage*? répondit Olana, sceptique.

— Pourquoi pas? On raconte qu'elle travaille dur.

— Moi, on m'a dit qu'elle n'était pas autorisée à sortir d'ici, reprit la quatrième personne.

— C'était il y a bien longtemps, déclara Bart. On a besoin de quelqu'un qui sache creuser.

Olana haussa les épaules.

— Si ça te va, ça me va. (Elle claqua des doigts.) Hé, femme de ménage! Tu veux prendre part à une excavation?

Elli se dirigea vers le groupe d'un pas hésitant.

— Heu… il vaudrait mieux que…

— Tu sais te servir d'une pelle? demanda Bart. Tu sais creuser?

— Bien… oui, bien sûr, je…

— C'est tout ce qu'on veut savoir, trancha Olana. Allez, sortez les cagoules. Allons-y!

En quelques secondes, on lui passa sur la tête une cagoule noire qui l'aveugla. Maintenant, quelqu'un la guidait vers la porte.

« Attendez! voulait-elle crier. Je ne suis pas censée faire ça! Je n'ai pas l'autorisation de quitter l'entrepôt! »

Mais il était trop tard. Elle se retrouva dans un véhicule qui partit à toute allure.

— Ne te relève pas et ne dis rien, fit une voix.

Elli se rencogna sur son siège.

Ils cheminèrent un bon moment en silence jusqu'à ce que le véhicule s'arrête brusquement.

– Retirez les capuches ! cria une voix de femme.

Elli enleva sa cagoule qui commençait à la gratter. Elle se trouvait à l'arrière d'une camionnette. Voyant que tout le monde descendait, elle suivit le mouvement.

De toute évidence, ils n'étaient plus en ville, mais en pleine campagne. À leur gauche, il y avait une grande maison ancienne, presque un château. Son toit s'était effondré, mais ses murs de pierre tenaient encore debout. Une pleine lune brillait dans le ciel et les nuages étaient rares, si bien qu'on y voyait presque comme en plein jour. Elli n'était pas allée à la campagne depuis son enfance. La plupart des habitants de Quillan habitaient en ville et s'aventuraient rarement au-delà. Pour elle, c'était une expérience assez effrayante.

– Allons-y, les gars ! s'écria Olana, la chef d'équipe. On se bouge !

Ils se mirent en rang et marchèrent vers ce vieux bâtiment sinistre.

– Heu, que sommes-nous censés faire exactement ? demanda Elli.

– Cela fait des années qu'on rassemble des artefacts historiques et culturels pour M. Pop, répondit Bart. Lorsque Blok a commencé à prendre le contrôle de Quillan, ils se sont mis à supprimer tout ce qui ne correspondait pas à leurs valeurs. Tout d'abord, ils ont ciblé les écrits politiques attaquant Blok. Puis ils ont interdit les armes. Mais peu après, ils ont pris peur de tout ce qu'ils ne pouvaient pas contrôler. L'art, la musique, la poésie, la publicité – tout. En fait, peu à peu, ils ont tout interdit. Du coup, les gens ont commencé à enterrer des livres, des tableaux, des sculptures, des enregistrements. Les premiers adeptes du Renouveau faisaient partie de ce mouvement visant à préserver notre culture. Dès que M. Pop a été mis sur pied, on est revenu en arrière pour déterrer ces trésors.

Elli commençait à comprendre.

– Des excavations, dit-elle.

– Exact. Sauf que maintenant, on les appelle juste « excavs ».

Lorsqu'ils entrèrent dans la vieille bâtisse, Elli sourit.

– Donc, on est là pour déterrer des trésors enfouis ?

– Oui, c'est à peu près ça, répondit Bart.

– Comment sait-on où il faut creuser ?

Elle parcourut des yeux l'intérieur du vieux manoir. Le toit s'était effondré. Il y avait de vieux meubles moisis et couverts de lierre. Un petit arbre poussait au centre du bâtiment.

– On suit les cartes, intervint Olana. Parfois, elles sont précises. D'autres fois…

Bart produisit un bout de papier jauni par l'âge.

– Et d'autres fois, elles ressemblent à *ça*.

Olana alluma une lampe-torche et dirigea son faisceau vers le bout de papier. C'était une carte du bâtiment assez grossièrement dessinée avec un « X » rouge dans un coin.

– Les escaliers sont là, remarqua Bart en désignant une petite porte en pierre à l'autre bout de la salle.

Le groupe emprunta cette direction et descendit un escalier en spirale, s'enfonçant dans les profondeurs du manoir. Elli sentit son cœur battre la chamade. Elle n'était encore jamais allée dans un endroit comme celui-ci. Il faisait noir et l'air était glacial. Des toiles d'araignée pendaient du plafond bas.

Un peu plus tard, les marches débouchèrent sur un grand espace ressemblant à une crypte, avec un sol de terre battue et une voûte de pierre en guise de plafond.

Olana se gratta la tête et consulta la carte.

– Oh, misère. Cet endroit est plus grand que je ne l'aurais cru.

Elli sentit un étrange picotement dans ces membres. Ce lieu étrange lui faisait peur, mais il y avait autre chose qu'elle n'arrivait pas à saisir. Puis elle comprit. Elle était *enthousiaste* ! C'était donc ça. Elle n'avait pas ressenti une telle excitation depuis… eh bien, aussi longtemps qu'elle se souvienne. Des années et des années. C'était le frisson qui vous prenait lorsqu'on faisait quelque chose d'interdit.

Elle se souvint d'un jour, dans sa jeunesse, où elle avait suivi un garçon dans un parc. Ils avaient retiré leurs chaussures pour jouer dans un petit ruisseau. Mais ils s'étaient fait prendre et on les avait sévèrement punis. Néanmoins, elle se souvenait toujours de la sensation de l'eau ruisselant entre ses orteils. Ce sentiment de liberté. De…

– On va commencer là-bas, déclara Bart.

– Non, reprit Olana, désignant un autre emplacement. Le plan dit qu'il faut creuser par ici.

– Tu le tiens à l'envers.

– Non, c'est toi !

De toute évidence, Olana et Bart ne s'appréciaient guère. Elli parcourut la pièce des yeux. Si elle devait enterrer son bien le plus précieux, quel emplacement choisirait-elle ?

Certainement pas là où Bart et Olana voulaient commencer l'excavation.

– Je peux ? demanda-t-elle en désignant la carte du doigt.

Bart et Olana la regardèrent avec colère.

– Tu es là pour creuser, d'accord ? Ne le prends pas mal, mais c'est nous les experts.

– Bien, répondit-elle, peu convaincue.

Mais Elli sentait qu'elle avait raison. Elle ignorait comment, mais elle savait où il fallait creuser.

Ils étaient quatre – Elli, Bart et deux autres hommes à l'air costaud.

Bart marcha vers l'angle de la crypte et traça un cercle sur le sol de la pointe du pied.

– Je ne crois pas… commença Elli.

– Écoute, Olana est chargée de nous faire entrer et sortir. Et moi, c'est mon rôle de décider où creuser. Et toi, tu dois obéir. C'est clair ?

Elli sourit et acquiesça. Mais elle restait persuadée qu'elle avait raison. Il n'était pas au bon endroit.

Ils se mirent au travail pendant qu'Olana tournait comme un lion en cage, les yeux rivés à sa montre. De temps en temps, Bart disait :

– Allez, plus vite !

– Ce n'est pas que je veuille me plaindre, mais pourquoi est-on aussi pressé ? demanda Elli.

– Jadis, on pouvait prendre tout notre temps, répondit Olana. Mais maintenant, les forces de sécurité de Blok sont à nos trousses. Nous ne savons pas comment ils nous ont repérés. Des espions, des mouchards… mystère. Mais ils sont au courant de notre existence. Et ils ne cessent de se rapprocher.

Bart cessa de creuser pour s'essuyer le front.

— Pour l'instant, il semblerait qu'on ait un créneau de cinq heures avant que les dados de sécurité ne débarquent. Mais au cas où ils soient plus rapides, on a des équipes chargées de faire le guet. Au premier signe suspect, on file.

— Ce qui me rappelle, ajouta Olana : Si les dados arrivent, ne traîne pas. On laisse tout tomber et on s'en va. On a dix secondes pour monter dans la camionnette et repartir. Compris ?

Elli acquiesça.

— Dix secondes. Pas onze. On monte dans cette camionnette et on s'en va. Si tu restes en arrière, on te plante là. Point barre. Compris ?

Elli acquiesça à nouveau.

Olana regarda dans le trou qu'ils avaient creusé. Maintenant, il atteignait la taille d'Elli. À force de manier la pelle, ses bras étaient tout endoloris.

— Ce n'est pas le bon endroit, constata Olana en secouant la tête. Ils n'iraient jamais enterrer quelque chose si profondément.

— Ce n'est pas vrai, reprit Bart. Un jour, j'ai...

— Bon, d'accord : *une fois*, on a dû creuser sur un mètre cinquante. Mais je te le dis, ce n'est pas...

Bart eut un gros soupir.

— Puisque tu es si maligne, dis-moi *où* on doit creuser !

— Heu... par là, répondit Olana, peu convaincue.

— *Où*, par là ?

— Eh bien, le « X » sur la carte est, heu...

— On peut se tromper de quelques centimètres, reprit Bart. L'endroit peut aussi bien être ici.

Il donna un coup de pied dans le sol, soulevant un nuage de poussière. Les autres marmonnèrent dans leur barbe. Tout le monde devenait nerveux et impatient.

– Il nous reste trois heures, déclara Olana. Ce qui nous laisse le temps de creuser encore un trou. Mais où ?

– On n'a qu'à agrandir celui-ci.

– Je crois qu'on devrait…

– Non !

Elli s'étonna d'entendre sa propre voix, si forte et si confiante. Tout le monde se retourna pour la regarder.

– Pardon ? demanda Olana.

– Montre-moi cette carte.

Olana fronça les sourcils, mais la lui tendit. La carte ne fit que confirmer ce qu'Elli pensait depuis qu'elle était descendue dans ce sous-sol. Elle sortit du trou et se mit à marcher lentement vers le mur opposé, examinant le sol à la lumière de sa lampe-torche.

Elle finit par s'immobiliser. Elle n'aurait pu dire comment elle le savait, mais elle était sûre d'être au bon endroit.

– C'est là.

– Oh, super ! fit Bart méprisant. Ainsi, après deux heures à manier une pelle, la femme de ménage est devenue une experte en excavations.

Ses sarcasmes ne l'atteignirent pas.

– Vous voyez ? reprit-elle, désignant la terre moisie sous ses pieds. Il y a une petite dénivellation. Quelqu'un a creusé un trou, puis l'a rempli à nouveau.

– Ce qu'on cherche est là depuis cent cinquante ans, remarqua Olana. Je doute qu'un petit creux dans la terre puisse durer aussi longtemps.

— D'après la carte, c'est le bon endroit, reprit Bart. Regarde, c'est...

Soudain, la radio d'Olana crépita.

— On a de la visite ! s'écria-t-elle...

— Tous au camion ! renchérit Bart ! Allez !

Les autres membres du groupe se précipitèrent vers l'escalier. Mais Elli se retrouva incapable de bouger. Elle était comme figée sur place. Elle savait n'avoir que dix secondes pour regagner la camionnette, mais...

Creuser. Je dois creuser.

C'était là, à portée de main. Elle en était sûre.

Malgré tout, elle courut vers le haut des marches. Lorsqu'elle atteignit le rez-de-chaussée, elle entendit démarrer le moteur de la camionnette. Une fois à la porte du manoir, elle vit le véhicule foncer sur le chemin pour disparaître dans le lointain.

Elle avait attendu trop longtemps. Ses dix secondes étaient écoulées. Ils l'avaient abandonnée.

— Oh, misère, dit-elle.

Qu'allait-elle faire ? Elle resta plantée là un moment. La lune était embrouillée dans les branches des arbres et de longues ombres noires s'étendaient sur le sol.

Pour la seconde fois cette nuit, elle sentit la peur lui mordre l'estomac. Elle était seule et épouvantée. Elle frissonna et son cœur battit la chamade.

Soudain, une ombre se détacha des autres. Elle devint la silhouette d'un homme au visage caché par les ténèbres. Il tenait quelque chose dans sa main, quelque chose de long qui ressemblait à un bâton. Une arme.

— Votre pelle, dit-il en lui tendant l'objet. Vous avez laissé tomber votre pelle, Elli.

CHAPITRE 6

Elli fixa l'inconnu. Celui-ci se rapprocha, et pour la première fois, la lune éclaira son visage. Il lui souriait comme s'ils partageaient une plaisanterie commune. Ses traits avaient quelque chose de familier.

– Même au bout de la route, Elli, il y a une autre route, dit-il.

C'est alors qu'elle se souvint. C'était le diseur de bonne aventure ! L'homme du guichet !

– Comment connaissez-vous mon nom ? demanda-t-elle, le cœur battant.

– J'en sais beaucoup sur vous. Même des choses que vous ignorez.

Elle fronça les sourcils :

– Qui êtes-vous ?

– Je m'appelle Press. Cela fait un certain temps que j'essaie de vous trouver. Je ne me suis jamais douté que vous étiez là en bas avec M. Pop.

M. Pop ! Il connaissait même son existence ! La tête lui tourna.

– Êtes-vous membre des forces de sécurité de Blok ?

Le nommé Press éclata d'un rire sonore.

– Pas vraiment, non.

– Alors qui êtes-vous ?

– C'est une longue histoire. Mais la question la plus importante est : *qui êtes-vous ?*

– J'ai bien peur de ne pas comprendre.

– Elli, dit-il, vos amis seront de retour dans une heure environ. Nous n'avons pas beaucoup de temps, alors écoutez-moi bien. Vous n'êtes pas celle que vous croyez être. Vous êtes une Voyageuse…

***

Le dénommé Press lui parla longuement, lui raconta toutes sortes de choses impossibles, improbables. Des gens capables de voyager dans l'espace et le temps. Des civilisations sur d'autres territoires. Une bataille épique entre le bien et le mal. Un démon appelé Saint Dane. Des quigs. Des flumes.

Tout ceci semblait… démentiel.

Et lorsqu'il expliqua à Elli qu'elle faisait partie de ces élus destinés à accomplir tous ces exploits au nom d'un conflit universel ?? Oh… il ne fallait pas exagérer !

Finalement, Elli éclata de rire.

– C'est bon, c'est bon, n'en jetez plus ! s'exclamat-elle. C'est une blague, pas vrai ? Vous faites ce coup-là à chaque première mission d'excavation ?

Press secoua la tête, puis passa la main dans sa poche et en tira un petit anneau d'argent, qu'il lui tendit. Tout autour du cercle de métal, il y avait de petites lettres d'un alphabet qu'Elli n'avait encore jamais vu. Comme il faisait nuit noire, ces caractères auraient dû être invisibles, mais au contraire : ils luisaient faiblement.

— En général, chaque Voyageur est entraîné par son prédécesseur qui se charge de lui donner cet anneau. Mais sur Quillan, les choses se sont passées quelque peu différemment.

Elli examina l'anneau de près. Elle n'avait jamais rien vu émettre une telle luminescence, et certainement pas un bout de métal. Si c'était une plaisanterie, quelqu'un s'était vraiment donné du mal.

— Prenez-le, dit Press.

Elli continua de fixer l'anneau luisant. Finalement, elle secoua la tête :

— Non, ce n'est pas pour moi. Je ne suis pas courageuse. Je suis une femme de ménage.

— Je suis ce que vous avez enduré, reprit Press. Je sais que vous avez l'impression d'avoir commis un crime en abandonnant votre fille…

Elli ressentit une pointe de colère.

— Non, vous ne savez pas ! Vous n'avez pas la moindre idée de ce que je peux ressentir !

Press tenait toujours l'anneau.

— D'accord. C'est juste. Mais être une Voyageuse ne fait pas de vous une super-héroïne. Cela n'efface pas vos défauts. Cela signifie que…

Elli Winter se leva et secoua la tête.

— Je suis désolée. Je ne suis pas celle que vous croyez. Vous dites que chaque Voyageur a un successeur, non ?

Press acquiesça.

— Alors donnez-le à Nevva. Elle est plus forte, plus intelligente et plus courageuse que je ne le serai jamais.

Les doigts de Press se refermèrent lentement sur l'anneau. Il avait l'air pensif.

– Quillan *est* un cas à part, murmura-t-il presque pour lui-même en fronçant les sourcils. Peut-être que…

– Excusez-moi, coupa-t-elle, j'ai du travail.

Elle tourna les talons pour redescendre dans la crypte.

– Attendez.

Elli s'arrêta et se retourna à nouveau. Le visage de l'homme était à moitié dissimulé dans l'ombre.

– Tenez, dit-il en lui tendant l'anneau, vous n'avez qu'à le garder, au cas où. Sans conditions, juste pour qu'il soit en sécurité. Et je dois aussi vous remettre ceci.

Il fourra à nouveau sa main dans sa poche, fit un pas en avant et lui passa quelque chose autour du cou. Elle baissa les yeux. C'était un collier fait d'étranges petites perles. En son centre, il y en avait une autre plus grande en métal doré.

– Ne dites pas à Nevva que je suis toujours vivante, reprit-elle en tripotant cet étrange collier. Je préfère qu'elle me croie morte. Parfois, un mensonge vaut mieux que la réalité.

– Et parfois, un mensonge n'est pas un mensonge, ajouta Press.

Elli se sentait lasse. Elle se doutait que c'était un homme bon et bien intentionné. Mais lorsqu'il parlait, le monde semblait bien trop complexe. Tout était beaucoup plus simple lorsqu'elle jouait les femmes de ménage.

Ou lorsqu'elle creusait le sol.

– Au revoir, Elli, dit Press.

Puis cet homme étrange tourna les talons et se fondit dans l'obscurité.

***

Une heure plus tard, elle entendit quelque chose à l'étage au-dessus – des pas rapides et déterminés. Des dados ? Elle ne savait pas. Tant qu'elle creusait, elle se sentait bien. Mais dès qu'elle s'arrêtait, la peur revenait. Elle ignora donc les bruits pour se remettre au travail.

Un peu plus tard, les autres membres de l'équipe d'excavation descendirent l'escalier en spirale pour jaillir dans la crypte. Leurs lampes-torches balayèrent les ténèbres.

– Elle est toujours là, constata Bart alors que son faisceau tombait sur Elli, courbée sur sa pelle.

– Fausse alarme, reprit un autre homme. En fait, un des guetteurs avait repéré un troupeau de bêtes sauvages.

– Je sais que tu dois nous en vouloir de t'avoir abandonnée, reprit Olana, mais on t'avait bien spécifié qu'on ne pouvait pas…

Elle ne termina pas sa phrase. Sous les yeux ronds de l'équipe d'excavation, Elli souleva une petite boîte de métal et la posa sur le sol poussiéreux.

– Oh mon Dieu, s'exclama Olana, elle l'a trouvée !

– À l'endroit précis où elle a dit qu'elle se trouvait, ajouta un autre terrassier d'un ton admiratif.

Il y eut un moment de silence stupéfait.

Elli sortit du trou et essuya la poussière accumulée sur les genoux de son pantalon. Elle n'était pas du genre à insister. Mais parfois, elle savait, c'est tout.

– Pour la prochaine excavation, vous devriez m'emmener.

CHAPITRE 7

Lorsque l'équipe revint à M. Pop, des conservateurs en blouse verte s'occupèrent de la vieille boîte maculée de terre.

– Puis-je... (Elli hésita.) Puis-je voir ce que j'ai trouvé ?

Ils emmenèrent la boîte dans une pièce située tout au fond de l'entrepôt et l'ouvrirent avec soin. Elle était faite d'une sorte de métal argenté. À la voir, c'était comme si on l'avait empaquetée le matin même. À l'intérieur, il y avait un livre.

Tous les conservateurs massés autour de la boîte eurent un hoquet.

– Quoi ? demanda Elli.

Le plus gradé des conservateurs tendit des mains gantées de blanc et retira délicatement le volume.

– C'est le Livre des cinq runes, dit-il en le regardant. Oh, bon sang ! (Et il se mit à répéter :) Oh, bon sang ! Bon sang de bon sang de bon sang !

Elli regarda un visage après l'autre.

– Qu'est-ce que ce bouquin a de si extraordinaire ?

Le conservateur sourit et s'essuya le visage.

– On le croyait perdu à tout jamais. C'est un livre très important.

– De quoi parle-t-il ?

Le conservateur leva un sourcil.

– Eh bien, nous ne le savons pas précisément. Mais bien des écrivains de jadis le citent. (Il le lui tendit.) C'est vous qui l'avez trouvé. Si vous le souhaitez, vous avez gagné le droit d'être la première à le feuilleter.

Tout le monde la regardait, ce qui la rendait nerveuse.

– Oh, non, je ne peux accepter. Je ne suis que la femme de ménage. Je ne saurais même pas ce que je lis.

Le conservateur haussa les épaules, puis tendit le livre à la bibliothécaire en chef.

– En ce cas, je le laisse à vos bons soins, docteur Pender.

Elli s'éloigna du groupe et se mit à balayer le sol. Lorsqu'elle leva les yeux, plus personne ne lui prêtait la moindre attention. Ils semblaient avoir oublié son existence.

***

À la fin de la journée, Elli comprit qu'elle avait commis une erreur. C'était elle qui avait trouvé ce bouquin, non ? Elle aurait au moins dû le parcourir. Pas qu'elle soit vraiment digne de le *lire*. Mais au moins le toucher ? Peut-être que le côté extraordinaire de ce livre déteindrait sur elle.

Elle s'aventura vers le Dr Pender, le bibliothécaire en chef, qui débarrassait son bureau avant de partir pour la journée.

– Excusez-moi, puis-je vous parler ?

Le Dr Pender était un homme jeune, au crâne prématurément dégarni, avec juste une couronne de cheveux blonds. Il s'était toujours montré aimable avec Elli. Comme elle, il était timide et, bien qu'ils travaillent ensemble depuis des années à M. Pop, ils ne s'étaient jamais vraiment parlé. Le Dr Pender leva les yeux et lui sourit.

– Bien sûr, bien sûr, répondit-il en lui montrant une vieille chaise à côté de son bureau. Je vous en prie, asseyez-vous.

– Oh, non, ça ira.

– Vous, heu… veuillez m'excuser, mais je ne connais pas votre nom. Vous êtes la femme de ménage, n'est-ce pas ?

Elli acquiesça. Maintenant qu'elle se trouvait en face de lui, elle avait du mal à parler.

– Que puis-je pour vous ? demanda-t-il.

– Comment sait-on qu'un livre est plus important qu'un autre ?

– Eh bien… (Il se frotta le visage, puis sourit.) C'est une très bonne question ! J'imagine que certaines œuvres affectent pas mal de monde. Elles changent notre façon de penser, ce qu'on croit, ce qu'on sait. D'autres auteurs et penseurs s'y réfèrent. D'une certaine façon, les grands livres ont bâti Quillan.

– Oh.

Le Dr Pender pencha la tête sur le côté.

– Y a-t-il autre chose ?

– Où sont-ils ?

– Vous voulez dire dans l'entrepôt ?

Elle acquiesça.

– Suivez-moi.

Il sortit de son bureau pour descendre un couloir menant à une petite pièce séparée de l'entrepôt principal. Il ouvrit la porte et lui fit signe d'entrer. Elle passa la tête dans l'entrebâillement.

Les murs étaient bordés d'étagères bon marché ployant sous le poids d'innombrables livres. La plupart étaient vieux, certains ayant souffert de dégâts des eaux ou portant des traces de moisi, d'autres mangés aux vers, d'autres encore dépourvus de couverture. Ils n'avaient pas l'air si importants que ça.

– Oh, dit-elle.

– À première vue, ce n'est pas grand-chose, non ? reprit l'homme. Mais ils sont très puissants. C'est même pour ça que Blok les a interdits.

Elli fixa les tranches. Maintenant, sa curiosité était éveillée. Avant d'échouer à M. Pop, elle n'avait jamais connu qui que ce soit qui s'intéressât aux livres. Dans les émissions télévisées populaires, personne n'en parlait jamais. Les seuls qu'elle ait lus dans son enfance étaient ceux qui étaient officiellement sanctionnés – *Les enfants heureux*, *Le jardin du rire*, *Le champion de boxe*, *Les meilleurs*, des récits de ce genre. Elle s'en souvenait encore et pouvait en réciter des passages entiers. Mais ils ne lui avaient jamais vraiment semblé intéressants. Ils n'éveillaient pas le moindre enthousiasme en elle.

– Serait-il possible de…

Elle n'arrivait pas à se résoudre à finir sa phrase.

– Voudriez-vous lire certains d'entre eux ?

– Oui. Je veux dire… si ça ne pose pas problème…

Le Dr Pender sourit.

– Après tout, ils sont là pour être lus.

***

Cette nuit-là, Elli se rendit dans cette pièce où étaient rangés les livres importants et en fit longuement le tour, regardant les titres sans oser les toucher. La plupart d'entre eux étaient écrits dans des langues qu'elle ne connaissait pas. Finalement, elle se permit de caresser la tranche de l'un d'entre eux. Elle eut l'impression qu'un courant électrique lui traversait le bras.

Au bout d'un long moment, elle en choisit un. C'était un petit volume avec un titre très simple : *La source souterraine*.

Elle le ramena dans sa chambre et se mit à lire.

Il ne ressemblait à rien de tout ce qu'elle avait connu auparavant. La plupart des romans dont elle se souvenait racontaient des histoires simples, des femmes tombaient amoureuses et de gens résolvaient des crimes ou luttaient contre des criminels. Mais celui-ci était bien différent. Il parlait d'un homme qui descendait dans des cavernes et rencontrait une race de créatures vivant dans une mine dont ils extrayaient des pierres précieuses. Il finissait par perdre le don de la parole. Finalement, il remontait à la surface pour découvrir que tout ce qu'il connaissait – les humains, les villes, les bâtiments – avait disparu.

Elle ne comprenait pas vraiment ce que cela signifiait.

Mais elle savait qu'il y avait quelque chose de plus que cette simple histoire. Une sorte d'énigme. Si seulement elle pouvait la résoudre.

Soudain, elle s'aperçut qu'on était le matin. Elle avait lu toute la nuit.

Elle prépara son petit déjeuner, les yeux rougis par la fatigue, tituba vers le chariot où elle gardait ses balais et ses serpillières, et se mit au travail.

En cours de route, elle se surprit à réciter tout le livre de mémoire. C'était quelque chose dont elle avait toujours été capable – une sorte de don inutile. Mais maintenant, il la réconfortait. Si elle continuait de répéter ces mots, peut-être finirait-elle par comprendre leur signification.

Cette nuit-là, elle s'endormit en lisant un autre livre étrange qui, pour elle, était incompréhensible. Mais le lendemain, lorsqu'elle se remit au travail, elle se surprit une fois de plus à se répéter le livre dans sa tête. Les mots ne lui semblaient pas aussi intrigants que le soir précédent – même s'ils étaient loin d'être parfaitement clairs. Et pourtant, ils étaient un peu plus faciles à comprendre lorsqu'ils sortaient de sa bouche.

Parfois, alors qu'elle marmonnait ces mots, l'image de sa fille Nevva apparaissait dans son esprit. Dans le passé, cela la rendait triste, mais maintenant, tandis qu'elle récitait ces anciens écrits, elle se sentait mieux. C'était comme si, d'une certaine façon, ces mots la reliaient à sa fille.

Elle comprit que quelque chose avait changé en elle. Mais quoi, ça, elle n'aurait su le dire.

***

Une semaine plus tard, un des membres d'une expédition d'excavation se cassa une jambe. Olana et Bart durent envoyer une requête officielle à Tylee pour qu'Elli soit affectée temporairement à leur équipe. Et ils obtinrent un avis positif.

Sans avoir eu le temps de respirer, Elli se retrouva à l'arrière d'une camionnette qui traversait une route cahoteuse, une cagoule sur la tête. Alors qu'ils se rapprochaient du site, elle ressentit une étrange impression de paix intérieure.

Cette mission se faisait de jour, au beau milieu d'un grand champ de blé. Des moissonneuses automatiques le sillonnaient déjà, coupant lentement les épis. Aussi loin qu'elle puisse voir, il n'y avait rien, que des pousses.

Ni arbres, ni bâtiments, ni signes distinctifs.

Bart et Olana se grattaient la tête en regardant la vieille carte.

– Il devrait y avoir un arbre là, dit Bart. Si on se fie à la carte...

– Elle a cent ans, reprit Olana. Ils ont dû abattre cet arbre il y a des années.

Bart secoua la tête d'un air dégoûté.

– On perd notre temps, s'écria-t-il.

Les autres membres de l'équipe scrutaient nerveusement l'horizon.

– Je n'aime pas cet endroit, dit l'un d'entre eux. Si les dados arrivent, on n'a nulle part où se cacher.

Une moissonneuse-batteuse se dirigeait lentement vers eux.

– Moi, c'est cet engin qui ne me dit rien qui vaille, ajouta un autre.

– Est-ce que je peux voir la carte ? demanda Elli.

– Je t'en prie, répondit Bart en la lui tendant.

Elle la fixa un moment. La carte montrait trois collines, un arbre et un chemin de terre. Elle parcourut des yeux le paysage avoisinant. Les collines et le chemin de terre étaient toujours là. Elle se mit à marcher vers l'emplacement où l'arbre aurait dû se trouver. Mais en cours de route, elle eut la nette impression de s'égarer.

Elle tourna les talons et repartit dans une autre direction. Les longs épis de blé lui caressaient les jambes. Le soleil réchauffait ses joues. En cours de route, elle sentit quelque chose sur son cou. Le collier que Press lui avait donné semblait chauffer. Ou peut-être était-ce le soleil. Difficile d'en être sûre.

Elle trébucha. Il y avait quelque chose ! Une petite bosse dans la terre. Elle la dégagea à coups de pied. Puis sourit. C'était une souche pourrie, impossible à voir tant qu'on n'avait pas le nez dessus.

– Ici, affirma-t-elle. La femme de ménage dit qu'il faut creuser ici.

Bart et Olana se regardèrent. Bart haussa les épaules.

– D'accord, répondit Olana. On creuse ici.

Deux heures plus tard, ils chargeaient une boîte de métal dans la camionnette.

– Alors, dit Bart en se rasseyant, comment fais-tu ?

– Je me suis contentée de déchiffrer la carte, répondit-elle avec un sourire timide.

Bart et Olana échangèrent un regard avant de revenir à Elli.

– Je pense que tu devrais être nommée membre permanente de l'équipe. Ça te va ?

Elle hésita. Tout à coup, elle sentit une flamme nouvelle brûler dans sa poitrine.

– Oui, finit-elle par dire. Ça me va.

CHAPITRE 8

Au fil du temps, Elli prit de plus en plus de livres à la bibliothèque. Et au fur et à mesure que son cerveau les absorbait, elle s'aperçut qu'elle les comprenait un peu mieux. Elle découvrit des auteurs et diverses écoles de pensée. Au fil des lectures, tout s'éclaircissait dans sa tête. Mais il y avait encore une chose qui l'intriguait.

Elle finit par aller poser la question au Dr Pender :

– Je ne cesse de trouver des références à ce livre nommé *Les Analectes de Kelln*. Où est-il rangé ? Je n'arrive pas à le trouver.

Le Dr Pender secoua tristement la tête.

– Pour autant qu'on sache, le dernier exemplaire des *Analectes* a été saisi et brûlé il y a un siècle.

– Mais on dirait qu'il a influencé…

– Vous avez tout à fait raison, finit à sa place le docteur. C'est la pierre angulaire de l'ancienne pensée. Une vraie bible, si l'on veut. Il a influencé tout ce qui l'a précédé.

– Et on ne l'a jamais retrouvé ?

– Nous espérons toujours qu'une excav pourra le localiser. Mais jusqu'ici, nous n'avons pas eu cette chance.

– De quoi parle-t-il ?

– D'après ce qu'on en sait, *Les Analectes de Kelln* est une leçon d'espoir. C'est un livre sur le changement. Vous voyez, l'espoir est basé sur la notion que le monde peut changer, que la situation peut s'améliorer. Blok a horreur du changement. Ils veulent faire croire que le monde est très bien tel qu'il est. Si les gens peuvent changer, si le monde peut changer – eh bien, en ce cas, peut-être n'aura-t-on plus besoin de Blok.

– Je vois, répondit Elli.

À partir de cet instant, elle sut que, plus que tout au monde, elle voulait lire ce livre.

***

Tout en travaillant ce jour-là, elle repensa à ce que le Dr Pender lui avait dit. L'espoir. Une notion qu'elle avait bien longtemps chassée de son esprit. Parfois, elle trouvait dans le journal un article parlant de sa fille. UNE NATIVE DE CHEZ NOUS EST NOMMÉE ÉLÈVE BLOK DE L'ANNÉE, UNE ADOLESCENTE REMPORTE UNE BOURSE, WINTER REÇOIT UN PRIX PRESTIGIEUX POUR LA SECONDE ANNÉE CONSÉCUTIVE. Elle les découpait et les collait sur le mur du placard à balais où elle dormait.

Elle avait de l'espoir pour sa fille. Nevva pouvait se faire une place en ce monde. Et elle-même ? Difficile à dire. Elli devait bien admettre qu'elle commençait à reprendre goût à la vie. Elle avait hâte de retourner en excav. Sortir de l'atmosphère monotone et confinée de cet entrepôt était toujours agréable. Elle appréciait ses nuits passées à lire. Elle attendait ses conversations occasionnelles avec le Dr Pender.

Mais au-delà ? Eh bien, c'était difficile de voir plus loin. Elle n'arrivait toujours pas à imaginer une vie hors de ces murs – autre chose que vivre sous terre, faire le ménage, lire, manger et dormir.

Au fil du temps, elle sentit un changement d'humeur chez ceux qui fréquentaient M. Pop. Ils avaient de plus en plus peur des dados. Ils redoutaient que la sécurité de Blok ne finisse par les retrouver.

Les excavs devenaient de plus en plus difficiles à organiser. Maintenant, les forces de sécurité ne débarquaient plus qu'au bout de deux heures.

À en croire la rumeur, Tylee était sur le point d'y mettre un terme.

Puis, un beau jour, cela finit par arriver. Alors qu'Elli et les autres membres de l'équipe avaient fait un retour triomphal à M. Pop avec leur dernière découverte, ils trouvèrent Tylee debout dans l'entrée, les bras croisés, à les attendre.

– Qu'y a-t-il ? demanda Olana.

Le visage anguleux de Tylee ne trahit pas la moindre émotion.

– Vous avez tous fait du bon boulot, dit-elle. Les adeptes du Renouveau apprécient votre réussite. Mais le moment est venu.

– Attendez un peu ! s'exclama Bart.

– Désolée, reprit Tylee. Mais c'est trop dangereux.

– Il n'y a qu'à adapter nos tactiques ! ajouta Olana. Il suffirait de…

Tylee leva une main pour la faire taire.

– La décision est prise. On a travaillé trop dur pour accumuler tout ça (d'un geste de la main, elle désigna ce qui l'entourait). On ne peut le mettre en danger uniquement pour y ajouter quelques petits accessoires triviaux.

– *Triviaux* me semble un terme peu approprié, remarqua Bart d'un ton agressif.

– En fait, Tylee, ajouta Olana, je n'ai pas encore eu l'occasion de te le dire, mais notre dernière découverte comprend une autre carte. Elle mentionne des objets importants.

– Quels objets ?

– Ça n'est pas spécifié, mais…

– Alors ce peut être n'importe quoi, n'est-ce pas ? Ce qui était important il y a un siècle l'est parfois beaucoup moins aujourd'hui.

Pour la première fois, Elli prit la parole :

– Mais parfois, il l'est toujours autant.

Tout le monde se retourna pour la regarder. Ils n'avaient pas l'habitude d'entendre sa voix.

– Pardon ? demanda Tylee. Tu as quelque chose à ajouter ?

Elli ne savait pas trop pourquoi elle était intervenue dans la discussion. Le collier que lui avait donné Press semblait étrangement chaud contre sa peau.

– Je ne saurais dire pourquoi, reprit-elle timidement. Mais… je sens que cette excav est importante.

– Tu le *sens* ? répéta Tylee.

Elli rougit. En fait, elle n'avait pas d'explication logique à lui donner.

– C'est que… j'ai l'impression qu'on devrait aller voir de quoi il s'agit.

– Tu ne cesses de répéter que tu le sens. As-tu la moindre preuve ? As-tu d'autres informations ?

Elli ne dit rien.

– Alors c'est réglé, reprit Tylee. Je suis désolée. Vous avez tous fait du bon boulot. Mais maintenant, notre mouvement doit passer à la phase suivante.

Tylee tourna vivement les talons et s'en alla dans le cliquetis de ses talons sur le béton.

Les membres de l'équipe la suivirent des yeux, la mine lugubre.

– Ce n'est pas correct, dit l'un d'entre eux après qu'elle eut disparu.

– Je savais que ça nous pendait au nez, répondit Olana. Mais on se dit qu'il y aura toujours une autre expédition, non ?

Tout le monde acquiesça.

– Il y en aura une autre, affirma doucement Elli.

CHAPITRE 9

Elli dut attendre plusieurs semaines avant d'avoir le courage nécessaire. Plusieurs semaines et beaucoup de préparation. Parmi les nombreux documents disponibles dans l'entrepôt, il y avait de vieilles cartes de la ville. Elle dut les étudier longuement avant d'être sûre de son coup, mais elle finit par trouver ce qu'elle cherchait.

Un jour, elle vit Bart qui travaillait dans l'entrepôt. Elle s'approcha de lui et dit :

— Qu'est devenue la dernière carte qu'on a trouvée ?

Bart haussa les épaules d'un air maussade.

— Quelle importance ? De toute façon, on ne peut pas s'en servir.

— Je crois que si.

— Olana et moi avons déjà essayé d'en discuter avec Tylee. On a bien failli se battre, mais elle ne veut pas en démordre. Fini les excavs. Point barre.

Elli sentait son pouls battre à ses oreilles. Elle n'arrivait pas à croire ce qu'elle allait lui dire. Mais elle réussit à bafouiller ce qui lui trottait dans la tête depuis des semaines.

— Allons-y quand même.

Bart haussa les sourcils.

– Quoi ?

– Allons-y quand même.

– Tu veux dire… (Il s'interrompit et baissa la voix.) Tu parles d'une excav *non autorisée* ?

– Pourquoi pas ?

Bart regarda autour de lui d'un air nerveux.

– Écoute, chuchota-t-il, une excav implique un certain nombre d'éléments. La moindre erreur pourrait amener les dados jusqu'ici. Et alors, tous nos efforts n'auraient servi à rien. Je supervise les fouilles. Olana organise l'excav – le minutage, l'emplacement, tout ça. Et le chauffeur est sous le commandement de Tylee. Tout est compartimenté afin de s'assurer que, si les forces de sécurité de Blok venaient à capturer l'un d'entre nous, il ne pourrait livrer tous nos secrets.

– Oui, mais…

– Seuls Tylee et les trois chauffeurs savent où se trouve cet entrepôt. Même Olana et moi y entrons ou en sortons les yeux bandés. Sans l'un des chauffeurs de Tylee, on ne pourra jamais y retourner.

Elli inspira profondément.

– Je n'en suis pas si sûre.

– Les chauffeurs sont d'une loyauté à toute épreuve.

– On peut se passer d'eux.

Bart fronça les sourcils.

– Tu connais quelqu'un qui peut nous faire entrer et sortir de là ?

Elli acquiesça.

– Qui ?

Elli répondit d'une voix si basse qu'il l'entendit à peine.

– Moi, murmura-t-elle.

CHAPITRE 10

Lorsque Elli s'était vue emportée par l'effondrement du puits pour se réveiller dans l'entrepôt, il y avait maintenant plusieurs années de cela, on s'était empressé de rebâtir le mur. Mais après son installation dans le placard à balais, elle avait remarqué que l'air y avait une odeur différente de celle du reste de l'entrepôt. C'était un relent de terre grasse. Pas vraiment désagréable – juste différente.

Il provenait d'une grille de ventilation située au plafond.

Au bout d'un moment, elle finit par se dire que l'air provenait du tunnel dans lequel la boue l'avait propulsée.

Elle avait cessé d'y penser – du moins jusqu'à ce que lui vienne cette idée d'une excav non autorisée. Si elle pouvait accéder au tunnel… il devait forcément déboucher *quelque part*, non ?

Elle avait donc étudié les anciennes cartes de la ville et découvert où il menait. Bien des années plus tôt, la ville disposait d'un métro. Finalement, on l'avait désaffecté et emmuré ses couloirs, mais ils étaient toujours là. Il devait bien y avoir un moyen d'y entrer et d'en sortir.

Elli n'avait jamais ressenti une impulsion aussi forte. Il fallait qu'elle entreprenne cette excav. Il le *fallait*.

Un soir, après que tous les employés de M. Pop furent repartis, elle grimpa et franchit la grille. Alors qu'elle rampait sur le ventre dans l'étroit conduit, elle ne put s'empêcher de rire. « Moi, une femme de ménage aux cheveux gris, me voilà qui crapahute dans un conduit d'aération comme un héros de cinéma ! »

Elle n'avait pas peur. C'était une aventure !

Au bout de dix mètres, elle tomba sur une vieille grille métallique crasseuse. Elle prit sa lampe-torche pour éclairer l'autre côté, révélant un tunnel de dalles noires. Elle poussa la grille jusqu'à ce qu'elle cède, puis se laissa glisser sur le sol sale et regarda autour d'elle. Sous ses pieds, à demi enfouis dans la boue et les débris, il y avait de vieux rails mangés par la rouille qui disparaissaient dans le lointain.

Oui ! Ça pouvait marcher !

Elle se mit en mouvement. Au bout d'une heure, elle avait trouvé ce qu'il lui fallait.

***

Le jour de l'excav, les membres de l'équipe se glissèrent furtivement dans le petit placard d'Elli.

Celle-ci les fit tous passer par le conduit de ventilation pour aborder le labyrinthe de galeries souterraines. Finalement, ils levèrent les yeux pour voir un mince rai de lumière en provenance d'un tout petit trou tout en haut d'un puits long et noir. Une échelle de fer corrodé menait vers la surface.

– On va tous monter là-haut, dit-elle. Une fois arrivés, vous mettrez vos bandeaux. Olana a tout arrangé : un chauffeur doit amener une camionnette près d'une trappe bien précise. Il ne saura pas d'où nous sortons, qui nous sommes, ni quelle est notre mission. Il sera là à dix heures dix-sept précises. Le feu passera au rouge, et il s'arrêtera. Nous aurons huit secondes pour monter dans la camionnette. Je vous y mènerai. Ne faites rien sans m'en informer. Compris ?

Les autres membres de l'équipe se regardèrent d'un air songeur. Voilà un aspect d'Elli Winter qu'ils ignoraient. Elle s'était toujours présentée sous les traits d'une gentille dame paisible entre deux âges avec un étrange don pour découvrir des boîtes enfouies.

– Tu es riche en surprises, dit un des hommes. (De son doigt tendu, il lui donna un petit coup sur le front) Qu'est-ce que tu caches encore là-dedans ?

Elli ressentit une onde de plaisir. C'était assez nunuche de voir ce beau jeune homme lui faire tous ces compliments, mais néanmoins bien agréable.

Elle consulta la montre qu'elle avait empruntée à Olana.

– Allons-y.

***

Trois heures plus tard, ils se retrouvèrent dans un endroit idyllique. De petites montagnes boisées s'élevaient de chaque côté d'une vallée de prairies. À son milieu, une petite rivière babillait sur des pierres noires et lisses. Comme on était au printemps, l'herbe était hérissée de belles fleurs jaunes s'étendant à perte de vue.

Mais le sol qu'ils creusaient était fait de glaise dure et remplie de pierres. C'était une tâche pénible, et bien plus longue qu'Elli ne l'aurait cru.

Le collier passé à son cou était brûlant. Il y avait quelque chose d'important enterré à cet endroit. Elli en était sûre. Mais ils ne cessaient de brasser de la terre, et ils n'avaient toujours rien trouvé.

Finalement, Olana déclara :

– Je n'ai jamais vu un trou aussi profond. Tu es sûre d'être au bon endroit ?

– Autant qu'on puisse l'être.

– Cette histoire commence à me rendre nerveuse. Ça prend bien trop de temps à mon goût. Et on n'a pas de guetteurs pour nous prévenir en cas de danger.

Comme par hasard, c'est à ce moment-là que la pelle d'Elli heurta quelque chose. Mais au lieu d'un tintement de métal contre la pierre, elle émit un bruit sourd.

– Nous y voilà, dit Bart.

Ils se mirent à creuser furieusement. Elli constata que ce n'était pas une boîte comme les autres. En général, elles étaient en fer. Celle-ci était faite d'une sorte de plastique inhabituel.

– Dans cinq minutes, elle est à nous, reprit Bart.

C'est alors qu'Elli entendit un son qui lui donna la chair de poule. Une inspiration soudaine.

– Oh, non, chuchota Olana avant de crier : sauve qui peut !

– Allez ! renchérit Bart.

Il joignit les doigts pour faire la courte échelle aux deux jeunes terrassiers. En quelques secondes, ils avaient disparu.

– À toi! cria-t-il à Elli.

– Non, toi. Tu es plus grand. Tu peux me sortir de ce trou.

Bart ne se le fit pas dire deux fois. Elli se contenta de se pencher, et il prit appui sur son dos pour sauter à l'air libre. Puis il lui tendit la main.

Elli le regarda un moment. Maintenant, elle pouvait entendre le bruit saccadé des pales de l'hélicoptère. Elle n'avait qu'une seule idée en tête: partir le plus loin possible. En fait, elle mourait de peur. Elle savait que les dados seraient bientôt à leurs trousses. Et pourtant, elle devait continuer de creuser. Elle n'avait pas le choix. Elle regarda Bart et secoua la tête.

– Va-t'en, lui dit-elle.

– Tu es dingue! cria-t-il.

– Je dois continuer.

– Fuyez! lança quelqu'un.

Bart la regarda, incrédule. Elle se détourna et se remit à creuser. Elle entendit les pas lourds de l'homme alors qu'il s'éloignait en courant vers les arbres.

Elle entendit aussi l'hélicoptère se rapprocher, le gémissement de ses moteurs aussi aigu qu'une roulette de dentiste. Elle n'avait jamais eu aussi peur de sa vie. Mais elle ne s'arrêta pas.

Durant tout ce temps, elle avait ressenti le besoin de venir ici pour fouiller la terre, mais elle ne s'était jamais vraiment demandé ce qu'il pouvait bien y avoir dans la boîte. C'était quelque chose d'important – pour le mouvement, pour les adeptes du Renouveau, pour M. Pop.

Et maintenant, les dados de sécurité allaient mettre la main dessus. Ils l'emmèneraient dans un de ces bâtiments sans visage de Blok. Un petit homme rempli d'amertume ferait un bref rapport à son sujet. Puis un dado l'emmènerait dans une chaudière où il brûlerait sa trouvaille. Quoi qu'elle puisse être.

Elle réussit à passer la lame de sa pelle sous le fond de la boîte. En appuyant sur le manche, elle la dégagea de sa gangue de terre dure. « Au moins, que je puisse voir ce que c'est », se dit-elle.

Elle jeta un coup d'œil par-dessus son épaule. L'hélico descendait le long de la vallée, son ventre oscillant d'avant en arrière alors qu'il négociait les méandres de la rivière.

Elle avait peut-être un peu de temps. D'un effort herculéen, elle tira la boîte et la passa par-dessus le trou. Puis elle s'aida de la pelle pour remonter à son tour et s'affaler sur l'herbe.

Maintenant, l'hélico planait juste au-dessus de sa tête. Elle leva les yeux, mais ne put rien voir, pas de visages, pas un signe de vie. Et d'ailleurs, elle savait qu'il n'y avait rien de vivant dans cet appareil. Uniquement des dados – des machines sans âme qui ne pensaient qu'à leur mission.

Le vent des rotors souleva ses cheveux et ses vêtements. L'air s'emplit de fleurs jaunes, arrachées par le tourbillon des pales.

Elle se pencha sur la boîte et ouvrit le couvercle.

Au-dessus de sa tête, elle entendit un grand bruit, comme des fermetures Éclair géantes qu'on faisait coulisser. En levant les yeux, elle vit de quoi il s'agissait : c'était le son que faisaient les dados. Ils se laissaient glisser le long d'interminables cordes noires accrochées au ventre de l'appareil.

Quatre d'entre eux atteignirent le sol. Tous grands, costauds, le visage dur. Chacun armé de pistolets dorés. L'air impitoyable.

– À terre, citoyenne ! cria l'un d'entre eux. À terre, les mains derrière la tête !

Elli y réfléchit un instant. « Je devrais peut-être faire ce qu'il me dit. De toute façon, c'est la fin, non ? »

Mais elle préféra glisser ses mains dans la boîte.

CHAPITRE 11

Du haut de la colline, Olana regardait la scène dans ses jumelles.

– Quel dommage, dit Bart. Je présume que, pour la femme de ménage, c'est le bout de la route ?

Olana vit la petite femme aux cheveux gris plonger ses mains dans la boîte, puis se relever. Elle tenait quelque chose – un drôle de bâton au corps argenté luisant sous le soleil.

Les dados de sécurité se rapprochaient lentement d'elle pour l'encercler. Ils n'avaient même pas sorti leurs armes. Quatre dados contre un petit bout de femme d'âge mûr – ils ne risquaient pas grand-chose.

– Qu'a-t-elle en main ? demanda Bart.

– C'est ce que j'essaie de…

Olana ne termina pas sa phrase. En voyant ce qui se passait, la surprise la laissa sans voix.

Alors que le premier dado s'approchait, Elli bondit soudain en avant. Olana ouvrit de grands yeux. Ce drôle de bâton argenté transperça la poitrine du robot comme s'il était fait de beurre.

Le dado s'effondra telle une marionnette dont on a coupé les fils.

Pendant un moment, personne ne réagit. Olana pouvait à peine lire l'expression sur le visage d'Elli. La petite dame avait l'air sous le choc. Quant aux dados, ils semblaient pris de court. Quoi que puisse être ce bâton argenté, c'était une arme qu'ils n'avaient jamais rencontrée. Ils n'étaient pas programmés pour réagir.

Elli reprit ses esprits à toute allure. Elle se mit aussitôt à frapper dans le vide avec le bâton, l'agitant vigoureusement dans tous les sens. Il transperça le cou d'un second dado, qui s'effondra et ne bougea plus.

C'étaient des dados de combat dernier cri. Ils étaient conçus pour s'adapter en toutes circonstances. Ils cherchèrent à prendre leurs pistolets.

L'un d'entre eux ouvrit le feu, la ratant de peu. Elli évita la décharge et leva le bâton, visant son bras. Sa main vola dans les airs, ses doigts enserrant toujours le pistolet. Mais avant que son corps inerte ne s'effondre, elle l'attrapa au vol et s'en servit comme d'un bouclier. Le corps du robot absorba les décharges successives du dernier dado encore debout pendant qu'Elli avançait avec peine.

Comprenant qu'il ne pourrait la toucher tant qu'elle tiendrait son camarade abattu, le survivant se contenta de foncer sur Elli. Celle-ci parvint à l'intercepter en chemin, mais cette fois, il était prêt et para de son pistolet. De toute évidence, ce bâton pouvait traverser le corps des dados – mais pas leurs armes de métal.

Usant de sa force, il percuta Elli, l'envoyant bouler en arrière. Sous le choc, elle lâcha son bâton qui rebondit et tomba dans le trou.

– Non ! s'écria Olana. Non, non, non !

– Que se passe-t-il ? demanda Bart.

Olana perdit de vue la femme de ménage, qui sortit du champ des jumelles. Tout ce qu'elle put voir fut un éclair gris tombant dans l'excavation. Le gilet d'Elli.

Olana parcourut des yeux les alentours, mais la femme de ménage semblait avoir disparu.

– Je crois qu'il l'a descendue. Elle doit être dans le trou.

Le dado survivant s'en approcha prudemment en tendant devant lui son pistolet doré. Olana soupira. Eh bien, c'était quelque chose. Elli avait sacrifié sa vie pour que le reste de l'équipe puisse s'en sortir.

– Il faut qu'on y aille, dit Olana, tant qu'on le peut encore.

– Attends, reprit Bart. Attends. Encore dix secondes. On lui doit bien ça.

Olana releva ses jumelles. Juste à temps pour voir briller un éclair dans la lumière du soleil.

Le bâton argenté jaillit du trou, pointé vers l'avant. Le dado tenta de l'éviter – trop tard. Il lui déchira la poitrine.

Le robot s'effondra comme une poupée de chiffons.

Olana en resta bouche bée.

– Quoi ? fit Bart, tendant le cou pour voir ce qui s'était passé.

– Elle a réussi ! répondit Olana songeuse. Elle...

Mais ce n'était pas fini. La femme ressortit du trou tant bien que mal. Les dados étaient tous hors jeu, mais l'hélicoptère, lui, était toujours là. Il s'était posé tout près. Lorsque le quatrième dado était tombé, son moteur avait recommencé à tourner, comme s'il s'apprêtait à redécoller.

– Attention ! cria Olana. L'hélico ! Attention à l'hélico !

Mais Elli ne pouvait l'entendre : le bruit de l'engin couvrait sa voix. Olana se demanda si elle voyait le canon doré saillant du nez de l'hélicoptère. Il n'était pas braqué sur elle, mais si l'appareil repartait, il pouvait virer de bord pour lui décocher une décharge.

– Elli ! Va-t'en !

Apparemment, Elli avait remarqué la menace en même temps qu'Olana. Mais au lieu de s'enfuir, elle se mit à courir *vers* l'hélico.

Elle l'atteignit au moment même où ses roues quittaient le sol, fit un bond maladroit et l'attrapa juste à temps.

— Mais que fait-elle ?

L'appareil oscilla sous son poids, puis s'éleva à nouveau. Il gagna lentement de la vitesse et se mit à filer en rase-mottes. Soudain, une silhouette noire sauta de la porte.

Olana mit un moment à l'identifier. C'était Elli. La femme tomba un moment qui lui parut interminable – bien qu'il n'ait probablement duré qu'une fraction de seconde. Olana poussa un cri en la voyant heurter brutalement le sol pour rester allongée, immobile.

L'hélico ralentit, puis pivota. Horrifiée, Olana comprit que le grand canon doré se dirigeait vers elle et les autres membres du groupe. L'appareil tourna sur lui-même sans s'arrêter. Le canon ne cessait de se rapprocher.

– Baissez-vous ! ordonna Olana. Baissez-vous tous !

Le canon finit par s'aligner sur eux. Olana attendit la décharge. En vain. Il ne passa rien. Sauf qu'un étrange petit filet de fumée s'échappa du flanc de l'hélico. Celui-ci continua de tournoyer, le canon s'éloignant d'Olana et son groupe. « Cet engin de malheur a du plomb dans l'aile », réalisa Olana. Elli devait avoir cassé quelque chose !

Soudain, l'hélico piqua du nez, partit en vrille et alla s'écraser contre le flanc de la montagne.

– Elle a réussi, chuchota Olana, avant de répéter à voix haute : Elle a réussi ! Elle l'a abattu !

L'équipe poussa un cri de joie rauque. Ils quittèrent leur cachette pour dévaler la pente vers l'endroit où gisait Elli.

Alors qu'ils se rapprochaient, Olana sentit chuter son moral. La femme de ménage ne bougeait plus.

CHAPITRE 12

Elli était allongée sur le dos. Tout son corps lui faisait mal. Elle leva des yeux troubles vers le cercle de visages qui l'entouraient.

– Que s'est-il passé ? demanda-t-elle.

Un des plus jeunes terrassiers lui sourit.

– Tu as été formidable ! Voilà ce qui s'est passé.

Olana ramassa un long cylindre.

– Qu'est-ce que c'est que *ça* ?

Elli s'assit et regarda le bâton luisant. Tout commençait à lui revenir. Son combat contre les dados. On aurait dit un rêve, qui serait arrivé à quelqu'un d'autre. Parce qu'Elli savait qu'elle n'était pas du genre à affronter une horde de robots.

Elle cligna des yeux et inspira profondément, puis prit le cylindre des mains d'Olana, le remit dans la boîte et referma le couvercle.

– Il faut qu'on rentre tout de suite à l'entrepôt, affirma-t-elle. L'hélicoptère aura certainement envoyé un signal de détresse. D'autres dados vont venir.

Elle se releva, fourra la boîte sous son bras et partit à petites foulées vers leur véhicule.

Le voyage de retour se déroula en silence. Plusieurs hélicoptères bourrés de dados passèrent au-dessus de leurs têtes, filant vers l'appareil abattu. Mais personne ne les arrêta.

Ils descendirent dans la bouche d'égout et, au bout d'un quart d'heure, se retrouvèrent dans le conduit d'aération qui débouchait dans le placard à balais d'Elli.

Ils en sortirent pour tomber sur un demi-cercle de personnes attendant devant la porte. Leurs visages étaient durs et pleins de colère. Tylee se tenait au centre du groupe.

– Vous avez lancé une excav alors que je vous l'avais *formellement* interdit ! s'écria-t-elle. Non, mais qu'est-ce que vous aviez en tête ? En ce moment même, les dados peuvent être en route !

– Écoute, reprit Elli, tout est de ma faute. Vois-tu, je…

Tylee l'interrompit.

– S'il n'y avait qu'une femme de ménage insignifiante derrière tout ça, je comprendrais. Mais Olana ? Bart ? Vous deux êtes censés être des meneurs. Des gens responsables ! Intelligents !

Bert et Olana étaient devenus blêmes.

– Désolée, commença Olana, mais…

– Vous avez mis en danger toute notre entreprise ! Tout ce pour quoi on a travaillé ! Tout ce qu'on a payé de notre sang ! Tout ce que…

Cette fois, c'est Elli qui lui coupa la parole. Elle lui parla d'une voix douce, mais avec fermeté.

– Ma chère, c'était notre dernière excav. Nous étions parfaitement conscients des risques encourus. Mais ils en valaient la peine.

– Tu n'es pas compétente pour définir ce qui constitue ou non un risque acceptable. Les enjeux sont tels que tu ne peux...

Elli eut un sourire timide.

– Désolée, ma chère, mais je pense que tu seras d'accord avec moi pour dire que ce qu'il y a dans cette boîte en valait largement la peine. (Elle posa l'objet sur une table.) Tu n'as qu'à voir par toi-même.

Tylee l'ouvrit à contrecœur et en tira le long cylindre argenté. Elle fronça les sourcils d'un air sceptique.

– Qu'est-ce que c'est, un pommeau de douche ? Une pièce provenant d'un vieux véhicule ?

Elle le rejeta sur la table. Bart s'avança et ramassa le cylindre.

– C'est une arme. Tylee, cette petite femme de ménage insignifiante, comme tu l'appelles, s'en est servie pour éliminer quatre dados et un hélicoptère de sécurité. En trente secondes.

Tylee regarda l'arme, puis Elli avant de revenir au cylindre.

– C'est vrai ? finit-elle par demander à Elli.

Celle-ci acquiesça.

– Ce bâton est notre chance pour l'avenir, dit Olana.

Soudain, tout le monde se mit à parler en même temps. Olana entreprit de donner un compte rendu détaillé du combat d'Elli contre les dados. Tous les adeptes du Renouveau présents voulurent s'emparer du cylindre, tant ils étaient avides de savoir ce que c'était exactement.

Elli les laissa parler tout leur saoul tout en sentant une sensation de plaisir monter en elle. Durant l'excav, elle avait ressenti un bourdonnement nerveux au fond de son esprit. « Et si j'échoue ? Et si je pars du mauvais côté ? Et si les dados nous rattrapent ? Et si… » Mais maintenant, elle savait que sa foi avait été récompensée.

Elle finit par interrompre cette cacophonie.

– Excusez-moi. Excusez-moi ?

Tout le monde se tut et se tourna pour la regarder.

– Oui ? répondit Tylee.

– Lorsque j'ai dit que ce qu'il y avait dans la boîte en valait la peine, je parlais de *l'autre* objet.

Tylee fronça les sourcils avec curiosité, puis passa à nouveau le bras dans la boîte.

– Qu'est-ce que c'est ? demanda Bart.

Tylee en tira un livre – un très vieux volume à reliure de cuir. Elle écarquilla les yeux, puis le brandit au-dessus de sa tête pour que tous puissent le voir. Sur sa couverture, quatre mots étaient inscrits en lettres dorées affadies par le temps.

Les Analectes de Kelln.

Il y eut un silence. Un *long* silence. Olana fut la première à le rompre.

– Wow.

– Oh, bon sang, fit une autre voix.

– Tu l'as *trouvé*, chuchota Tylee. J'aimerais que tu ailles le donner en personne au Dr Pender.

Puis elle tendit le livre à Elli.

Le groupe se retourna et se remit à discuter de cette mystérieuse arme. Elli serra le précieux livre contre sa poitrine. Il sentait la vieille bibliothèque.

« J'y suis arrivée ! pensa-t-elle. J'ai trouvé *Les Analectes de Kelln* ! » C'est alors qu'elle se dit – comme cela lui arrivait de temps à autre – que Press n'avait peut-être pas tout à fait tort. Peut-être était-elle bel et bien…

Non, non. Comment osait-elle y croire ne serait-ce qu'une seconde ? Elle n'était qu'une femme de ménage. Peut-être avait-elle un étrange don pour retrouver de vieilles boîtes. Peut-être qu'avec l'assistance de cet étrange cylindre et de quelques litres d'adrénaline, elle avait pu affronter une poignée de robots sans cervelle. Mais ça ne faisait pas d'elle une Voyageuse. Elle n'était pas pour autant quelqu'un d'exceptionnel.

Elle laissa le petit groupe pour se diriger vers le bureau du Dr Pender. Les voix surexcitées se firent de moins en moins distinctes.

Elli trouva le Dr Pender dans son bureau. Il leva les yeux, haussa un sourcil et dit :

– Vous avez fait votre petite impression aujourd'hui. J'avoue ne pas comprendre pourquoi vous avez fait une chose pareille.

Sans un mot, elle lui tendit le livre. Il le reçut avec un sourire crispé. Il était évident que, tout comme Tylee, il lui en voulait d'avoir lancé une excav clandestine. Il tenait à protéger l'entrepôt et son précieux contenu. Ce qui était tout à fait compréhensible.

Mais le Dr Pender changea alors d'expression. Sa bouche s'ouvrit légèrement tandis qu'il fixait la couverture du livre. Il l'ouvrit avec révérence et se mit à le feuilleter. Au bout d'un moment, il se mit à pleurer. Finalement, le bibliothécaire leva les yeux et la regarda avec un drôle de petit sourire.

– Vous avez réussi… murmura-t-il. Comment avez-vous su ? Comment…

Sa voix se brisa.

Elle haussa les épaules.

— Je le savais, c'est tout. Et je l'ai fait.

Il ferma solennellement le livre, puis le lui tendit.

– Il faut que vous soyez la première à la lire.

– Oh, je n'oserais pas. Quelqu'un plus à même de comprendre tout ça devrait…

Il posa son doigt contre ses lèvres.

– Chut.

– Mais…

– Je vous ai entendu murmurer en travaillant. Des extraits des livres que vous avez lus.

Elli rougit. Que quelqu'un l'ait remarqué la gênait. Elle croyait que c'était son secret.

– Vous les avez tous appris par cœur, reprit le Dr Pender en la regardant d'un œil perçant. N'est-ce pas ?

– Il faut croire, répondit-elle, les yeux baissés.

Il lui fourra le livre entre les mains.

– Un jour, les dados viendront. Peut-être aujourd'hui, qui sait ? Alors il est important que vous graviez son contenu là-dedans. (Il lui tapota doucement le front.) Le plus tôt sera le mieux.

Elle acquiesça et retourna vers son placard à balais. Elle voulait ranger le livre sur son étagère spéciale. Mais lorsqu'elle atteignit sa tanière, Tylee était là et l'y attendait.

– Ah ! Te voilà.

– Je sais que tu es en colère contre moi, dit Elli. Je suis désolée. J'aurais dû…

– Ne t'inquiète pas pour ça, répondit Tylee. Ce qui est fait est fait.

La chef des adeptes du Renouveau resta plantée là, l'air mal à l'aise.

– Je peux te parler en privé ?

Elli acquiesça.

– Entre donc, dit-elle en ouvrant la porte de son placard. Par contre, tu devras t'asseoir sur le lit.

Tylee parcourut des yeux la petite pièce.

– Tu *habites* là ? (Elle secoua la tête.) Je n'aurais jamais cru… je pensais que tu avais une vraie chambre. Je suis désolée. On aurait dû…

Elli eut un sourire doux.

– Je me plais bien ici.

Tylee remarqua les photos découpées dans les journaux qui recouvraient les murs. Nevva remportant des prix. Nevva brandissant des trophées. Nevva souriant pour les appareils photo.

– Ta fille, dit-elle.

Elli acquiesça.

– Tu n'as jamais dit à personne ton véritable nom.

Elli acquiesça à nouveau.

– Il fallait bien qu'on vérifie. C'était dans les journaux, une femme portée disparue le jour de l'éboulement. Nous avons fouillé les archives et t'avons identifiée d'après les photos. Il fallait qu'on prenne des précautions au cas où tu aurais été une espionne de Blok.

Elli s'assit sur le lit et mit ses mains entre ses genoux.

– Bien sûr.

Tylee sourit, le visage creusé de rides d'inquiétude.

– Il va falloir déplacer M. Pop. Cela fait déjà un certain temps qu'on y pense. Un site plus loin de la ville. Ce qui s'est passé lors de ton excav… eh bien, nous croyons que Blok a une vague idée de notre emplacement. Après ton exploit d'aujourd'hui, ils vont passer le coin au peigne fin pour nous retrouver.

– Je suis désolée, reprit Elli. Je sais que cette dernière excav a un peu trop attiré l'attention sur nous.

– Ne t'excuse pas. Le jeu en valait la chandelle. (Tylee hésita comme si elle avait du mal à trouver ses mots.) En fait, ce sera peut-être un tournant crucial pour notre mouvement. Quoi que puisse être ce cylindre, nos scientifiques vont l'étudier pour deviner comment il fonctionne. Si on peut le reproduire, on pourra peut-être enfin se soulever pour renverser Blok.

Elli acquiesça.

– Il s'est passé quelque chose d'autre aujourd'hui. Tu es la seule à qui je puisse en parler. Auparavant, tu dois me promettre de ne le répéter à personne.

– D'accord.

– Aujourd'hui, on a recruté un nouvel agent. Ce sera le plus important, le plus haut placé que notre mouvement ait jamais recruté.

– Oh ?

– Avec ce nouveau venu et l'arme que tu as trouvée, notre triomphe est inévitable !

Elli ne dit rien. « Pourquoi Tylee me raconte-t-elle tout ça ? » se demanda-t-elle. Un agent haut placé du mouvement – quelqu'un comme Tylee ne devrait pas lui en parler. Plus il y avait de monde au courant, plus il y avait de risques que l'information remonte jusqu'aux forces de sécurité de Blok.

– Le nom de cet agent… (Tylee laissa passer un silence.) Elli, c'est Nevva Winter. Ta fille est notre nouvel agent.

Elli inspira profondément.

– Je me suis dit que tu avais le droit de savoir.

Sur ce, Tylee se leva et quitta le placard à balais.

Elli resta longtemps assise sur son lit. Après une journée pareille, elle était épuisée. Et ce combat contre les dados – elle commençait à s'en ressentir. Elle se mit à trembler comme une feuille.

« Je devrais me remettre au travail, se dit-elle. Nettoyer quelque chose. » Mais ses jambes s'entrechoquaient si fort qu'elle pouvait à peine se lever.

Puis, aussi vite qu'il l'avait frappée, ce sentiment disparut.

« Vous savez quoi ? pensa-t-elle. Ces cinq dernières années, je n'ai pas arrêté. J'ai fait le ménage. Si je prends un jour de congé, qui osera me le reprocher ? »

Elle sentit une radiance s'étendre le long de ses membres. Elle était crevée, mais aussi triomphante. Bizarrement, elle ne s'était jamais sentie aussi bien depuis… Eh bien, depuis que son mari avait entamé sa longue chute qui l'avait menée à ce placard à balais.

Sur ce, elle ramassa son livre et se mit à lire *Les Analectes de Kelln*. Alors qu'elle parcourait la première phrase, un étrange sourire étira ses lèvres. Et comme le Dr Pender, des larmes de joie coulèrent le long de ses joues.

Même au bout de la route, disait la première phrase, *il y a une autre route. Même au bout de la route, une nouvelle route s'étend, ouverte et infinie, un chemin qui peut mener n'importe où. Pour celui qui la trouve, il y aura toujours une route.*

ALDER

CHAPITRE 1

Il n'y avait rien au monde qu'Alder souhaitait davantage que d'être un chevalier Bedoowan. Un chevalier Bedoowan était fort. Un chevalier Bedoowan était juste. Un chevalier Bedoowan était brave. Un chevalier Bedoowan était un héros populaire, respecté de tous.

Et maintenant, Alder avait réalisé son rêve. En fait, tout le monde voyait en lui le meilleur des chevaliers. À chaque fois qu'on prononçait son nom, il évoquait toutes les vertus d'un Bedoowan.

Ce jour-là, il traversait la forêt sombre et inquiétante d'Alberg sur son cheval de guerre noir. En cours de route, il entendit un cri de détresse transperçant la pénombre. Il fit tourner son cheval pour partir dans sa direction.

Quelques secondes plus tard, il avait atteint sa source. Une jeune et jolie villageoise avait été surprise en pleine lessive par des brigands – ces voleurs sans scrupule qui vivaient dans les profondeurs de la forêt et agressaient les voyageurs.

– À l'aide! criait-elle. Quelqu'un!

– Laissez-la, bande de lâches! lança Alder.

Les brigands se retournèrent, soudain apeurés.

Alder tira son épée et la brandit tandis que son cheval se cabrait au milieu du ruisseau. Puis il chargea. En le voyant, les brigands s'éparpillèrent comme des feuilles sous le vent.

Tous à l'exception de leur chef – un grand homme musclé avec une cicatrice barrant son visage. Il s'empara de la jeune villageoise et posa une fine lame rouillée contre sa gorge.

– Viens me chercher, chevalier ! cria-t-il.

Alder fit tournoyer son épée et…

— Alder !

Alder fit tournoyer son épée et partit au galop vers…

— Alder !

Alder fit tournoyer son épée et partit au galop vers, vers, vers…

– Hé, Alder ! Cesse de rêvasser, andouille !

Maître Horto, le chef de l'Académie impériale d'entraînement, lui criait dessus. Comme toujours.

– Je ne le répéterai pas ! Apporte-moi de l'eau. Et pendant que tu y es, une ou deux de ces pâtisseries. Celles avec de la confiture à l'intérieur.

Alder mit un moment avant de revenir à la réalité. Il se trouvait à l'arrière de la salle d'entraînement de l'Académie pendant que Maître Horto dirigeait le cours d'escrime. Les étudiants – tous de futurs chevaliers – se tenaient en rang, à s'exercer au maniement de l'épée. Tous, sauf Alder.

Il n'avait pas l'autorisation de s'entraîner avec les élèves. Il avait autre chose à faire.

Il courut dans l'autre pièce et en revint avec de l'eau et un plateau de pâtisseries. Maître Horto était immense

– plus grand qu'Alder lui-même – et pesait le poids de deux hommes.

– Voilà, Maître.

Alder se courba et lui tendit les pâtisseries.

Horto en prit une et la fourra tout entière dans sa bouche. Alors qu'il mâchait, il prit une expression dégoûtée. Il recracha le tout sur le sol de la salle d'entraînement.

– Elle est rassie ! Tu m'as ramené une pâtisserie qui date d'*hier* ?

– Eh bien, je…

Maître Horto lui donna un coup sur la tête, si fort que ses oreilles carillonnèrent.

– Nettoie-moi ça, ordonna-t-il en désignant le sol.

Les autres élèves rirent sous cape en se donnant des coups de coude pendant qu'Alder prenait une serpillière et obéissait. Alder soupira et sourit pour faire comme si leurs railleries ne l'atteignaient pas. Mais c'était faux. Ça lui faisait mal. Toujours. Depuis son entrée à l'Académie, trois ans plus tôt, il ne s'était pas écoulé un jour sans qu'un de ses camarades se moque de lui.

Son entrée à l'Académie ? Eh bien, officiellement, il était un cadet. Sauf qu'il ne s'entraînait jamais avec les autres élèves. Maître Horto s'entendait à le garder occupé à nettoyer ceci ou aller chercher cela et effectuer d'autres menus travaux aux quatre coins de l'école, si bien qu'il n'avait même plus le temps de s'exercer.

– Dès que tu auras fini tes corvées, disait-il à chaque fois, tu pourras te mettre à l'entraînement.

Sauf… qu'il y avait toujours d'autres corvées. Il avait beau travailler dur, il n'en voyait jamais la fin. Il avait désormais atteint les seize ans, et il ne connaissait toujours rien au combat.

L'ennui, c'était qu'Alder était orphelin. Il n'avait ni parent, ni ami, ni soutien, ni argent. Et comme il ne pouvait pas payer les frais d'inscription, Maître Horto le faisait travailler. Encore et encore.

Dans un an, la plupart des cadets deviendraient chevaliers. Et Alder? Ce statut lui semblait bien lointain. En fait, s'il ne commençait pas très vite son entraînement, il serait mal barré.

Il y avait bien quelques Bedoowan qui ne devenaient pas chevaliers. En général, c'étaient des gens affligés de problèmes physiques ou mentaux qui les empêchaient de venir à bout de leur entraînement. De malheureuses épaves qui erraient dans le château, la mine sinistre, qui évitaient de croiser le regard des autres, et que tout le monde traitait comme des chiens. Dans le registre, on les affublait de noms horribles – « estropiés », « débiles », « mongoliens ». Même les Novan, les serviteurs de Bedoowan, et les Milago, ceux qui travaillaient dans les mines d'azur sous le château, les méprisaient et se moquaient d'eux.

La simple idée de finir comme ça, à errer dans le château, sans respect, sans le moindre statut social, le rendait malade. Mais que pouvait-il faire? Si Maître Horto ne voulait pas le laisser s'entraîner…

Le problème, c'est que si on n'était pas devenu chevalier à l'âge de dix-huit ans, il était trop tard. Il ne lui en restait plus que deux. Et c'était bien peu pour apprendre tout ce qu'un chevalier devait savoir.

Il fallait être un cavalier correct, un archer passable et maîtriser l'épieu, le glaive et l'épée courte. Bien sûr, avant tout, il fallait être un excellent bretteur. Si vous ne saviez pas manier une lame, vous étiez fichu.

Alder s'entraînait en secret dans sa petite chambre, mémorisant les gestes pratiqués par les autres élèves pour les répéter jusque tard dans la nuit. Mais ce n'était pas la même chose que de travailler à l'école.

– Fin du cours, cria Horto.

Les cadets se mirent à ranger leurs affaires en riant et plaisantant.

Alder fit de même. On ne lui donnait jamais l'occasion de se servir de ses équipements, mais il les emmenait malgré tout. Un de ces jours, on finirait bien par le laisser s'entraîner. Alors, il serait prêt.

– Alder! fit Maître Hordo en se dressant devant lui, les poings sur les hanches. Qu'est-ce que tu fais?

– Monsieur, heu, Maître, ce soir, je suis de garde devant la porte nord du château, alors, hum, je pensais…

Alder baissa respectueusement la tête.

Maître Horto le fixa d'un regard furieux.

– Tu pensais? Penser, toi?

– Eh bien, Maître, je…

– Ne *pense* pas. Fais ce qu'on te dit. Commence par me laver ce sol. Ensuite, tu rejoindras ton poste!

CHAPITRE 2

Lorsque Alder arriva à son poste, l'heure du dîner était largement passée. S'il était en retard, c'était bien parce que Horto lui avait donné une corvée de plus. Il n'avait même pas pu manger un morceau. Eman et Neman, deux garçons qu'Alder connaissait de l'Académie, se tenaient devant la tour, revêtus de leurs armures.

— Tu es en retard, gros balourd ! s'écria Eman.

Ces deux-là ne rataient jamais une occasion de tourmenter Alder. Pourtant, ils étaient plus jeunes que lui. Mais comme il y avait un mois qu'ils étaient passés chevaliers, ils étaient ses supérieurs hiérarchiques.

— Il faut qu'on fasse une pause, reprit Neman. Ne bouge pas d'un poil !

— Mais... (Alder s'éclaircit la gorge) la porte doit être sous la surveillance constante de trois gardes au minimum. Ce sont les ordres...

— Qui est le plus haut gradé ici, hein ? demanda Eman.

— Heu...

— Oui, c'est bien ce que je pensais, reprit Neman. Je ne sais pas si tu l'as remarqué, Alder, mais personne ne passe jamais cette porte durant la nuit. Donc, ferme ton clapet et fait ce qu'on te dit.

Eman et lui tournèrent les talons et se dirigèrent vers la salle des gardes en ricanant.

– Bon, bon, grogna Alder.

– *Pardon*, cadet? demanda Neman en fronçant les sourcils.

– Je veux dire… Oui, Monsieur.

– Voilà qui est mieux.

Neman tourna les talons et repartit.

Alder avait du mal à appeler « Monsieur » des garçons plus jeunes que lui, mais que pouvait-il y faire? Le règlement, c'est le règlement. Du coup, Alder était resté bêtement planté là, sentant le froid s'infiltrer jusque dans ses os.

Pire encore, au bout d'un moment, une odeur alléchante de mouton rôti lui parvint depuis la salle des gardes. Son estomac gargouilla. Finalement, il n'y tint plus. Il regarda autour de lui pour s'assurer que personne ne s'approchait de la porte, puis s'empressa de courir vers la salle.

Une fois arrivé, il constata qu'Eman et Neman avaient attaqué leur dîner. Un grand feu brûlait dans la cheminée.

– Qu'est-ce que tu fais là? dit Eman en claquant des lèvres. Retourne à ton poste!

– Je ne peux pas manger un morceau?

Neman eut un reniflement de mépris. Alder reprit:

– En fait… je croyais que vous reveniez tout de suite. Et si quelqu'un se présentait?

Eman leva les yeux, un bout de viande dépassant de sa bouche, le menton luisant de gras.

– Montre-lui qui est le patron, dit-il avant de lancer un clin d'œil rusé à Neman.

Eman tourna le dos pour prendre une aile de pigeon de la pile de nourriture. Alder sentit son estomac gargouiller.

– Est-ce que je peux…

– Tu es encore là ? rétorqua Neman. Retourne à ton poste. Et ne viens plus nous déranger !

Alder obéit. Il regagna son poste et resta planté devant la porte avec sa lance, à danser d'un pied sur l'autre. La lune se cacha derrière un nuage. Ce décor devenait angoissant.

Des heures passèrent. Eman et Neman ne revenaient toujours pas. Alder savait que le capitaine de la garde ferait sa tournée vers minuit. S'il voyait que ces deux fainéants avaient abandonné leur poste, Eman et Neman lui feraient la peau à *lui*, Alder. Ils trouveraient bien un moyen de lui rejeter la faute dessus.

Finalement, il décida d'aller les chercher. Il courut jusqu'à la salle des gardes. Eman et Neman ronflaient près du feu, allongés à même le sol. Ils avaient liquidé l'énorme plat. Alder ne sut que faire. S'il les secouait, il encourait leur colère. Le capitaine de la garde ne viendrait pas avant une demi-heure. Autant les laisser dormir. Ils se réveilleraient bien tout seuls.

Alder s'empressa de retourner à la porte. À sa grande surprise, un petit homme surgit des ténèbres pour s'avancer vers le château.

Il était vieux et plutôt mal fagoté, et marchait en s'aidant d'une canne noueuse. Son corps était dissimulé sous un manteau élimé. Ses traits étaient tirés, comme si on en avait extrait le moindre gramme de graisse.

Sans doute un fermier pauvre, se dit Alder. Quoique, il était inhabituel de voir un paysan s'approcher du château à cette heure de la nuit. Et le jour du marché était vendredi.

— Pourquoi n'étais-tu pas à ton poste ? fit le vieil homme d'un ton cassant en pointant sa canne vers la poitrine d'Alder.

— Pardon ? répondit ce dernier.

Le vieil homme regarda autour de lui d'un air courroucé. À la lueur vacillante de la torche, ses yeux brillaient d'un étrange éclat.

— Vous devriez être au moins trois pour garder cette entrée !

Alder décida qu'il avait tout intérêt à reprendre le contrôle de la situation. Ce vieux fermier semblait ignorer le ton qu'il convenait de prendre pour s'adresser à un chevalier Bedoowan. Même si Alder n'était pas encore un chevalier à part entière, il était un des gardes du château du roi Karel. On lui devait le respect !

— Hum… que venez-vous faire ici, vieil homme ?

— Ça ne regarde que moi, rétorqua-t-il.

Il y avait une lueur dans ses yeux, l'expression d'une volonté indiquant qu'il était bien plus qu'un simple fermier. Alder se demanda s'il n'était pas fou, tout simplement.

— Oui… eh bien… je dois savoir ce que vous venez faire ici. Sinon, je ne peux pas vous laisser entrer.

— Ah, oui ?

— Eman ! cria Alder. Neman !

Il avait la nette impression que ce vieux cinglé allait faire un scandale, et il ne savait pas comment s'y prendre.

– C'est ça, répondit le vieillard. Appelle des renforts !

– Je ne suis qu'un cadet, répondit Alder comme pour s'excuser.

Puis il se sentit très bête. Il laissait un paysan hors d'âge se jouer de lui !

– Un *cadet* ? À ton âge ? reprit le vieil homme d'un ton dégoûté. À ta place, j'aurais honte !

Alder rougit. L'homme avait touché juste : il *avait* honte. Il eut envie de dire qu'il était victime des circonstances, lui donner le discours à base de je-suis-juste-un-pauvre-orphelin qu'il employait pour justifier toutes ses erreurs. Mais le vieux fermier redoublerait de railleries.

C'est alors qu'Eman et Neman arrivèrent, hors d'haleine, tout en boutonnant leurs armures.

– Qu'est-ce qui se passe ? demanda Eman.

– Désolé de vous déranger, répondit Alder, mais ce vieux fou demande à rentrer.

Eman toisa l'intrus.

– C'est pour *ça* que tu nous as réveillés, Alder ?

Neman agaça le vieil homme de la pointe de sa lance.

– Comment oses-tu déranger des chevaliers Bedoowan à une heure pareille ?

Le vieil homme posa un doigt sur la lance et la déplaça sur le côté pour éviter qu'elle ne se plante entre ses côtes.

– Tu n'es pas très poli, jeune homme, dit-il. On ne te l'a jamais dit ?

Eman et Neman se regardèrent.

– Tu as entendu la même chose que moi ? demanda Neman.

– Je crois que oui, répondit Eman.

Eman fronça les sourcils et se tourna vers le vieil homme.

– Non, mais pour qui te prends-tu ?

– Et toi, qui désertes ton poste ? reprit le vieil homme. Et qui, en plus, laisse un cadet monté en graine pour défendre le château ? Vous deux ne me faites vraiment pas une bonne impression.

Les deux chevaliers en avaient assez entendu. Neman leva sa lance et l'abattit pour cogner le crâne du vieil homme avec son manche.

Mais sa cible para adroitement le coup avec sa drôle de canne, puis s'en servit pour frapper le genou de Neman.

– Aïe ! cria ce dernier, lâchant son arme pour enserrer sa jambe. Aïïïïïe ! Tu m'as cassé quelque chose !

– Là, c'en est trop ! cria à son tour Neman.

Et il tenta de donner un coup de lance au vieil homme.

Mais il ne frappa que le vide. Son adversaire était rapide. Eman eut un grognement de colère. Par trois fois, il tenta d'atteindre le vieil homme, et chaque fois, il le rata d'un cheveu.

– Alder ! finit par crier Eman. Aide-moi !

Alder posa sa lance contre le mur et tira son épée.

– Ah ! s'exclama le vieillard. Enfin quelqu'un qui a un brin de bon sens. En combat au corps à corps, ces lances ne servent à rien. Elles sont faites pour affronter des cavaliers. Personne ne vous l'a donc enseigné ? Face à un homme à pied, rien ne vaut une bonne épée !

– Qu'est-ce qu'un vieux paysan débile comme toi peut connaître du combat ? s'écria Eman.

Mais alors même qu'il prononçait ces mots, il reposait sa lance pour tirer son épée.

Alder ne bougea pas et laissa Eman attaquer. Il n'était pas sûr de pouvoir se rendre utile. Après tout, il n'avait pas appris à manier les armes, non ?

Le vieil homme para adroitement les assauts de son adversaire plus jeune et plus costaud. Des copeaux de bois volèrent de son bâton pendant qu'Eman s'escrimait. Mais son adversaire n'avait pas l'air d'avoir peur. En fait, son visage restait impassible comme celui d'une statue. Finalement, Eman coupa son bâton en deux. Le vieil homme resta là, le moignon en main.

– Il semblerait que tu sois à ma merci, vieil homme, triompha Eman en pointant sa lame vers sa gorge.

– Comment ça ? rétorqua-t-il.

Et il rejeta sa cape en arrière. Pour la première fois, ils purent voir ses vêtements. Il était habillé comme un Bedoowan, pas un fermier. Et une épée était accrochée à sa large ceinture de cuir. La poignée était simple, sans fioritures, mais elle ressemblait à un outil couramment utilisé – la pomme légèrement luisante était polie par l'usage.

– Qui êtes-vous ? demanda Eman nerveusement.

– Vous savez, peut-être aurait-il été sage de poser la question un peu plus tôt, répondit le vieil homme.

Et il attaqua Eman. Mais pas avec son épée – au grand étonnement d'Alder –, avec le bout de bois cassé toujours dans sa main. Et, bien qu'Eman se défende, il ne put empêcher son adversaire de le faire reculer.

– Aidez-moi ! cria Eman. Neman, fais quelque chose ! Donne l'alarme !

Mais Neman se roulait sur le sol en gémissant tout en se tenant le genou.

Sur le coup, le vieil homme faucha les jambes d'Eman et lui arracha son épée d'une main tout en braquant la pointe du bâton sur la gorge du jeune homme. Eman se figea. Le vieillard se tourna vers Alder :

– Alors, jeune cadet, vas-tu me laisser entrer ? Ou vas-tu te battre ?

– Euh…

– Mauvaise réponse, mon cher garçon !

L'inconnu lui jeta l'épée d'Eman comme un poignard. Elle passa entre ses jambes et transperça sa cape pour s'enfoncer dans la porte derrière lui, le clouant au panneau.

Le vieil homme soupira et secoua la tête d'un air dégoûté.

– Pathétique, dit-il. Minable. Mes pauvres garçons, vous êtes en dessous de tout.

Puis il passa devant eux.

– Si vous tenez tant que ça à m'arrêter, lança-t-il par-dessus son épaule, vous me trouverez à l'auberge des Sept Pèlerins. Vous n'aurez qu'à vous adresser à l'aubergiste. Demandez-lui Wencil de Peldar.

En le voyant disparaître, Alder dit d'un ton penaud :

– Je ferais mieux d'aller voir le capitaine de la Garde, non ?

Eman sauta sur ses pieds, courut vers Alder et lui donna une claque sur la tête.

– Si tu parles de cet épisode à qui que ce soit, je t'écorche vif ! Compris ?

– Compris.

– Compris *qui* ?

– Compris, *Monsieur*.

Eman se tourna vers Neman et secoua tristement la tête, comme pour dire: *il n'apprendra donc jamais?*

CHAPITRE 3

Trois jours plus tard, Alder remontait la Grande Rue pour gagner l'Académie lorsqu'il remarqua un petit écriteau accroché à la fenêtre d'un bâtiment abandonné :

WENCIEL DE PELDAR
MAÎTRE D'ARMES
INSTRUCTION OFFERTE
À JEUNE CHEVALIER BEDOOWAN
RENSEIGNEMENTS À L'INTÉRIEUR

Alder resta planté là, à regarder l'écriteau. Ce bâtiment était à l'image de Wencil lui-même – délabré. Une des fenêtres était brisée. Les murs avaient besoin d'un coup de peinture. Le toit d'un bon rempaillage. Alder tira son épée et ses accessoires d'entraînement. C'était un peu ridicule de toujours les traîner avec lui.

Il examina encore l'écriteau. Maître d'armes. Cela signifiait que le vieil homme enseignait l'art de la chevalerie – l'escrime et tout le reste. Depuis des années, Maître Horto était le seul habilité à remplir cette fonction.

Bien sûr, ce Wencil de Peldar n'était personne. Il ne valait pas Maître Horto. Si on voulait devenir chevalier, il fallait passer par ce dernier, qui avait une bonne réputation à la cour. Il se demanda vaguement si ce vieil homme pouvait lui donner quelques conseils.

Mû par sa seule curiosité, Alder poussa la porte du bâtiment. Elle grinça sur ses gonds rouillés. Il se retrouva dans une petite salle froide et vide.

– Bonjour… dit-il.

Pas de réponse.

– Y a quelqu'un ?

Il entra dans la salle suivante. Vide aussi. Et pourtant… il sentit se hérisser les poils de sa nuque. *Il y avait quelqu'un !* Il en était sûr.

Il s'empressa de poser ses accessoires d'entraînement contre le mur – tout sauf son épée en bois. Il enserra sa poignée et traversa la pièce en faisant le moins de bruit possible.

– Hello ? chuchota-t-il. Monsieur ? Maître Wencil ?

Il crut entendre un bruit dans la pièce d'à côté. Un grincement ? Un souffle ? Il n'aurait su le dire. Mais il y entra le plus discrètement possible…

Crac !

Tout d'abord, Alder ne comprit pas ce qui lui arrivait. Il virevolta tandis qu'une pointe de douleur poignardait son épaule. Wencil était là, derrière lui. Comment avait-il fait ? Il tenait dans sa main un bâton fort semblable à celui qu'il avait la première fois qu'il l'avait rencontré.

– Alors comme ça, on s'introduit chez moi ? s'écria le vieil homme.

– Mais, l'écriteau disait…

– Défends-toi ou meurs !

Il se mit à attaquer Alder avec son bâton. Le jeune homme tenta désespérément de se protéger. En vain. Avec un grand sourire, le vieil homme le fit reculer.

Crac! Crac! Crac!

Le bâton semblait se détendre comme la langue d'un serpent pour frapper son menton, son coude et son bras. Et dès qu'Alder approchait son épée du bâton, celui-ci virevoltait pour le cogner à nouveau.

– Je vous en prie! Je voulais juste…

Alder comprit vite qu'il était inutile de vouloir raisonner son adversaire. Autant chercher à s'enfuir. Il se dirigea vers la porte…

Crac! Crac! Crac!

Le vieil homme dut comprendre ce qu'il cherchait à faire, parce qu'il jaillit devant Alder, lui coupant la route. Le jeune Bedoowan tenta de gagner l'arrière du bâtiment. Il devait bien y avoir une issue…

Crac, crac, crac! Le vieil homme le martelait sans relâche. Et pourtant, il ne cherchait pas à porter le coup de grâce. Au bout d'un moment, Alder commença à croire que Wencil se jouait de lui. Mais malgré ses efforts, Alder n'arrivait pas à lui échapper.

Il commençait à fatiguer. Il était hors d'haleine, ses jambes semblaient faites de coton et son bras pouvait à peine tenir son épée.

– Lève ta garde! s'écria le vieil homme. Ou je vais… *Crac!* être obligé… *Crac!*… de continuer de taper! *Crac! Crac! Crac!*

Alder se sentit envahi par le désespoir. Il ne pouvait pas maîtriser ce vieux fou. Il était à bout de forces.

C'est alors qu'il remarqua quelque chose. Sa dernière chance. Son adversaire l'avait acculé dans un coin tout au fond de la maison. Là, il y avait une fenêtre brisée d'où s'échappait un vent froid.

La fenêtre ! S'il pouvait...

Avec le peu d'énergie qui lui restait, Alder para le dernier coup du vieil homme et plongea par l'ouverture. Il sentit une bouffée d'air et une impression de liberté avant que...

Plaf!

Alder se redressa. Beurk ! Il avait atterri dans une grande flaque puante...

Une bande de cochons souillés de boue levèrent sur lui des yeux roses remplis de colère.

Oh, misère ! Maintenant, il savait dans quoi il s'était étalé. Il tenta de se lever, glissa et tomba à nouveau. La puanteur était abominable. Et cette sensation d'être gluant de partout ! L'horreur.

Un instant, il resta allongé, les yeux fermés, imaginant les rires et les railleries qui s'abattraient sur lui lorsqu'il arriverait à l'Académie couvert d'excréments de porc. Il en subirait dix fois plus qu'à l'habitude. Mais s'il rentrait chez lui se nettoyer, il serait en retard et Maître Horto le punirait.

Finalement, il ouvrit les yeux.

Pour voir qu'un homme se tenait devant lui. Maître Wencil.

Il lui tendait la main comme un mendiant.

– Ça fera cinq pièces d'argent.

– Hein ? répondit Alder en s'asseyant.

– Tu es sourd, mon garçon ? Donne-moi cinq pièces d'argent !

Le vieil homme tendait toujours la main.

– Pour *quoi ?*

Cinq pièces d'argent étaient une grosse somme. Alder ne voyait pas où ce vieil homme voulait en venir. De toute évidence, il était fou à lier.

– Pour ta première leçon.

– Quoi ?

– Ta première leçon.

Alder le dévisagea. Puis il désigna le bâtiment.

– Quoi, *ça*, c'était une leçon ?

– Jeune homme, j'enseigne le maniement de l'épée, de la lance, le jet, la stratégie, la tactique, les arts équestres, le tir à l'arc, la lutte, l'escalade, et cetera. Tu n'as pas lu l'écriteau sur la porte ?

– Si, mais…

– Alors que crois-tu que je faisais là-dedans ? Du macramé ? Cinq pièces d'argent, je te prie.

– Mais… je m'excuse, mais je n'ai pas d'argent.

– Alors va demander à tes parents !

– J'ai bien peur de ne pas en avoir non plus. Je suis orphelin.

– Un *orphelin* ? répéta sèchement le vieil homme. (Alder remarqua alors que ses yeux étaient d'un vert brillant.) Pas d'argent du tout ?

– Pas un sou.

– Oh, dans ce cas, c'est offert par la maison. L'entraînement reprend demain à neuf heures pile. Sois ponctuel.

– Mais, Monsieur… Je suis un élève de l'Académie !

– Plus maintenant, mon garçon. De toute évidence, ce charlatan de Horto ne t'a rien appris. Tu te bats comme un gamin de trois ans. Neuf heures pile.

Le vieil homme plissa son nez.

– Et pour l'amour de Dieu, lave tes vêtements ! Je ne veux pas que mes élèves puent le lisier !

Sur ce, le vieil homme tourna les talons et s'en alla.

CHAPITRE 4

Le lendemain, à neuf heures précises, Alder se présenta devant la porte de Wencil. Celui-ci était déjà là, à tapoter des doigts d'un air impatient.

– Allons-y, dit-il.

– Où ?

– Dans mon Académie à moi.

– Mais je croyais que cette maison…

– Tu vois, mon garçon, c'est bien là ton problème. Tu réfléchis trop. Ferme-la, écoute, fais ce qu'on te dit. C'est comme ça que tu deviendras un guerrier.

– Alors… euh… dois-je apporter mes propres armes ?

– En ce qui me concerne, tu peux en faire des papillotes !

Le vieil homme se mit à marcher le long de la rue, sa canne cliquetant contre les pavés. Comme Alder ne voyait pas comment on pouvait prendre des cours d'arts martiaux sans armes, il préféra emmener ses accessoires d'entraînement. De plus, il en était plutôt fier. Il avait consacré le peu d'argent dont il disposait pour acheter les meilleurs équipements. Ils avaient été fabriqués sur mesure en bois de pakka authentique par les artisans d'une autre ville. Il les graissait chaque soir pour qu'ils gardent leur lustre.

Ils descendirent la Grande Rue et passèrent la porte nord pour continuer leur chemin. Ils ne tardèrent pas à se retrouver en pleine forêt. Wencil avait beau être vieux, il marchait vite. Alder se sentait légèrement essoufflé. Soudain, le vieil homme s'arrêta, claqua des mains et tourna sur lui-même.

– Parfait, dit-il.

– Où sommes-nous ?

– À mon Académie à moi, bien sûr.

Alder regarda autour de lui. Ils se trouvaient au milieu d'une petite clairière entourée d'arbres kena dont les aiguilles formaient un tapis odorant sous leurs pieds. C'était un très joli coin, mais il n'y avait pas l'ombre d'un bâtiment.

– Je ne vois rien, dit-il.

– Elle est là, pourtant ! répondit le vieil homme en écartant les mains.

– Mais… fit Alder en fronçant les sourcils.

– J'ai une question à te poser. Crois-tu que les batailles se déroulent dans des académies ? Crois-tu que les chevaliers s'affrontent sur des matelas bien rembourrés ?

– Heu, pas vraiment.

– Alors pourquoi devrait-on s'y entraîner ?

Alder n'avait jamais considéré les choses de cette façon. Le vieil homme examina les lieux.

– Il fait frisquet, non ? Fais un feu.

– Bien.

Alder regarda autour de lui. Il n'y avait pas beaucoup de branches mortes à portée de main.

– Je vais aller chercher du bois.

– Pourquoi prendre cette peine ? Tu n'as qu'à allumer le feu avec ça.

Il désigna du doigt sa collection de magnifiques armes d'entraînement en bois.

Alder regarda fixement le vieil homme. Il voulait rire ?

– Mais… si je les brûle, avec quoi vais-je m'entraîner ?

– Le monde entier est une arme, fiston. (Wencil tapota son front du bout de son index.) Un vrai chevalier se bat avec son esprit.

Alder hésita. Ses armes luisaient sous la lumière mouchetée. Le bois rayé semblait aussi profond qu'une rivière. Comment pouvait-il les *brûler* ? Afin de gagner du temps, il ramassa des brindilles pour allumer le feu.

– Elles sont un peu grandes pour un si petit foyer, remarqua Wencil. Casse-les d'abord.

On avait dit et répété à Alder qu'un bon chevalier Bedoowan faisait ce qu'on lui disait sans poser de questions. Ainsi, il brisa ses chères armes sur son genou, une par une, pour en alimenter le feu.

– Ahhhh ! Voilà qui est mieux, non ? dit Wencil en se réchauffant les mains au-dessus de la flamme.

Alder ne dit rien. Il était si furieux, si blessé qu'il était incapable de parler. Pour lui, ces accessoires représentaient tout : son avenir, son âme, son identité même. Sans armes, un chevalier Bedoowan – même un vulgaire cadet pitoyable – n'était plus rien.

Lorsque le feu ne fut plus que braises, le vieil homme tira un couteau de sa ceinture. Sa poigne était faite d'argent ouvragé, et sa lame semblait très ancienne.

– Va au bord de la rivière, dit le vieil homme. Tu y trouveras de petits arbres qui dépassent du courant. On les appelle des « ipo ». Tu sais à quoi ressemble un arbre ipo ?

Alder acquiesça d'un air boudeur. C'étaient de petits machins rabougris qui poussaient dans les marais bordant les cours d'eau.

– Bien. Alors va m'en couper un. De cette longueur.

De ses mains, Wencil désigna un espace d'un peu plus d'un mètre.

***

Un quart d'heure plus tard, un Alder tout crotté, les bottes pleines d'eau, revenait avec un bout de bois d'ipo. Il ne s'attendait pas à ce qu'il soit si dur à couper.

En guise de basse vengeance, il avait choisi l'arbre le plus laid et le plus noueux qu'il ait pu trouver.

Wencil lui prit le bâton et l'examina avec soin. À le voir le contempler et le caresser, soulignant chaque imperfection, on aurait dit une œuvre d'art.

– Tu as bien choisi, conclut-il en le rendant enfin à Alder. Maintenant, casse-le sur ton genou et jette-le dans le feu.

Alder lui aurait volontiers décoché un coup de poing. Il s'était donné tant de mal pour couper ce bout de bois, et maintenant, il lui demandait de le *casser* ? S'il voulait simplement alimenter le feu, il n'avait qu'à le dire. D'ici à la rivière, il y avait bien assez de branches mortes qui pouvaient faire l'affaire.

Alder tenta de briser le bâton sur son genou. Or celui-ci pliait, mais refusait de céder. Alder grogna et força, devenant écarlate tout en marmonnant avec colère.

– Voyons, tu es vraiment si faible ? railla Wencil. (Il s'assit par terre et croisa les jambes.) Plus fort !

Alder s'escrima sur le bout de bois. Il se sentait de plus en plus ridicule.

– Pas moyen de le casser ! finit par crier Alder. C'est impossible.

Le vieil homme pencha la tête sur le côté.

– Tout ce bois de chauffage, dit-il. Combien l'as-tu payé ?

Alder mit un moment à comprendre ce qu'il appelait du « bois de chauffage ». Ce vieux fou parlait de ses armes d'entraînement, si joliment faites et entretenues avec un soin maniaque.

– Dans les cent pièces d'argent, répondit-il entre ses dents.

– Et pourtant, tu n'as eu aucun mal à les casser.

Alder rougit. Il commençait à voir où le vieil homme voulait en venir. Ce bout d'ipo noueux était plus résistant que ces armes d'entraînement dont il était si fier.

– Dans le temps, reprit Wencil, un chevalier Bedoowan se coupait un ipo dès son premier jour à l'Académie. On attendait de lui qu'il se batte avec ce même bâton pendant huit, dix, douze ans. Si, durant cette décade d'apprentissage, son arme se brisait, c'était une honte. Cela signifiait qu'il l'avait mal choisie. (Wencil retroussa les lèvres d'un air dégoûté.) Maintenant, on paye *d'autres* personnes pour nous fabriquer nos armes.

Alder baissa les yeux d'un air penaud.

– Être un chevalier Bedoowan n'est pas une question d'apparence. C'étaient de jolis morceaux de bois, et ils auraient pu durer un an ou deux. Mais à la longue, ils ne t'auraient servi à rien. Un chevalier Bedoowan est comme ce bout de bois, ajouta-t-il en tendant l'ipo. Un chevalier Bedoowan ne sert… ni le roi, ni son officier supérieur, et certainement pas son propre ego. Un chevalier Bedoowan sert le royaume. Il veut le bien de *tous* les citoyens – les Bedoowan, les Novan et même ces Milago que vous méprisez tant, qui triment sous terre pour extraire l'azur.

Alder fronça les sourcils.

– Mais à l'Académie, on dit "Les Novan saluent, les Milago servent, les Bedoowan dirigent".

– Pour être un Bedoowan, il faut être responsable. Tout le temps. Pas seulement pour toi-même, mais pour ceux que tu protèges. Porter ceci… (il repoussa sa cape pour dévoiler le pommeau de son épée) est une grande responsabilité. Tu as dans tes mains le pouvoir de vie et de mort. Ce n'est pas pour les cœurs fragiles.

– Je m'efforce de faire ce qu'on me dit.

– Bien sûr. Un Bedoowan doit savoir obéir. (Le vieil homme eut un sourire rusé.) Sauf lorsqu'il ne le doit pas.

– Mais… comment sait-on qu'il ne faut pas faire ce qu'on nous dit ?

Le vieil homme posa sa main sur son cœur.

– Tu le *sais*. Toujours. La question est de savoir si tu prends tes responsabilités pour faire ce qu'il faut. Ou si tu ne les prends pas.

CHAPITRE 5

Durant les six mois qui suivirent, Alder s'entraîna d'arrache-pied. Wencil ne prit jamais d'autre étudiant. Il se contentait d'emmener Alder dans la forêt et de le faire travailler de l'aube jusqu'au soir. Fini les corvées, les balais, la cuisine, les courses absurdes. Il ne se consacrait plus qu'à son entraînement.

Tout d'abord, Alder se demanda si Wencil n'était pas un imposteur ou tout simplement un fou. À chaque fois qu'il tombait sur quelqu'un de l'Académie, c'était exactement ce qu'on disait de lui. C'était un charlatan, un menteur, un dément, un raté. Certains prétendaient même qu'il n'était pas Bedoowan. Ils n'étaient jamais à cours d'insultes. Tout le monde savait que Maître Horto était le seul professeur qualifié pour initier qui que ce soit aux secrets de la chevalerie Bedoowan.

Pourtant, Alder constata vite que l'enseignement de Wencil était plus pratique, plus... *réel* que celui de Maître Horto. Il n'y avait pas de cérémonie, pas d'exercices d'une grande complexité formelle, pas d'interminables routines plus proches de la danse que du combat, pas de terminologie alambiquée. Uniquement des techniques simples répétées encore et encore. Et encore.

Et une fois acquises, ces mêmes techniques étaient mises en pratique. Contrairement à l'Académie, où l'entraînement au combat était découragé – trop dangereux, trop vulgaire, peu « digne d'un chevalier ».

Alder avait constamment mal aux épaules. Et aux pieds. Ses mains devinrent calleuses. Ses bras et ses jambes se marbrèrent de bleus.

Mais un jour, il se vit dans un miroir et constata qu'il avait changé. Ses muscles étaient plus développés. La couche de graisse poupine qui lui avait valu tant de remarques désobligeantes à l'Académie avait disparu. Même la forme de son visage s'était modifiée. Elle était plus subtile.

Chaque jour, alors qu'il se traînait jusqu'au château, sale et épuisé, il ne manquait jamais de tomber sur quelqu'un de l'Académie en chemin – souvent Eman ou Neman. Il savait alors qu'ils ne le laisseraient pas en paix.

– Pas mal, ton bout de bois. Quand vas-tu te procurer une véritable arme ?

– Qu'est-ce que tu fais là-bas avec ce vieux fou ? Vous cueillez des fleurs ? Vous dansez avec les fées ? Vous jouez à cache-cache ?

Et ainsi de suite...

Après toute une journée d'exercice, Alder était trop crevé pour répondre. Il se contentait de rentrer au château, dans sa minuscule chambre sans fenêtre, pour se jeter sur son lit et dormir.

Un jour, Wencil lui dit :

– D'après toi, pourquoi t'exploitait-on comme ça à l'Académie ?

– Parce que je n'ai pas un sou ?

– Non, répondit Wencil en secouant la tête. C'est parce que tu ne prenais pas les choses en mains.

– Comment ça ?

– Tu y allais tous les jours. Tu faisais ce qu'on te disait. Mais tu laissais les autres prendre les décisions à ta place. Tu étais paresseux.

– Paresseux ? bafouilla Alder. Mais j'ai travaillé dur. J'ai fait ce qu'on m'ordonnait de faire !

– Parfois, on peut travailler dur et être paresseux en même temps.

Alder fronça les sourcils, cherchant à comprendre ce que voulait dire le vieil homme. Il ne cessait de faire des commentaires irritants.

– Alors… comment ?

– Si tu travailles dur, mais que tu te trompes de tâche, est-ce vraiment du travail ? Ou est-ce une sorte d'imposture ?

Alder resta muet. Ce n'était pas son genre de remettre les choses en question.

– Mais… tous les autres ont de l'argent ! Et pas moi. Alors ils m'ont demandé de travailler.

– S'ils t'ont fait nettoyer les sols et servir à boire, c'est parce que tu les as laissés faire.

Alder ne comprenait toujours pas.

– Un chevalier Bedoowan ne prouve pas sa valeur lorsque tout va bien, mais dans l'adversité. Les arbres ipo poussent sur des sols humides et sablonneux, trop pauvres pour les autres arbres. Ils croissent lentement, douloureusement. La plupart d'entre eux se contentent de crever et de couler sous l'eau. Mais ceux qui s'en sortent ? Ils sont plus forts que les autres. Parce qu'ils ont dû le prouver.

Alder acquiesça. Il comprenait. Enfin, en gros.

– Ton destin est bien plus grand que tout ça, reprit Wencil en tendant sa canne noueuse vers le château. Ces chevaliers paradent, gonflés de leur propre importance, parce qu'ils peuvent donner des ordres à une poignée de Novan et de Milago. Mais… ce n'est rien.

– Qu'est-ce que vous voulez dire ?

Alder avait toujours cru que le château était le centre de l'univers, l'endroit le plus important de tout ce territoire.

– Tu verras, reprit Wencil. Halla tout entier est en guerre. Tu as un rôle à y jouer. Mais pour ça, tu dois être comme cet arbre ipo.

– Halla ? Qu'est-ce que Halla ?

Wencil étendit les bras, sa canne en main. Il les écarta lentement comme pour mieux englober la rivière, le château, la forêt, l'entrée sombre de la mine d'azur – et même, les nuages, les soleils et les étoiles lointaines et invisibles.

– Ça, dit-il. Halla, c'est tout ça.

Alder regarda autour de lui. Il n'était jamais allé plus loin qu'à une journée de cheval de l'endroit où ils se tenaient. Il avait du mal à prendre au sérieux ce que Wencil lui disait.

– Tout ce que je veux, c'est être un chevalier.

– Bien sûr ! répondit Wencil en éclatant de rire. Et pour l'instant, inutile de s'inquiéter pour Halla.

– Alors *quand* serai-je prêt à être un chevalier ?

– De mon temps, tu devais passer une épreuve. Une *véritable* épreuve. Maintenant, ce n'est plus qu'un rituel.

À l'Académie, chaque candidat au titre de chevalier était soumis à ce qu'on appelait la « grande épreuve ».

Mais ça n'en était pas vraiment une. Il suffisait de passer entre deux rangées d'autres élèves qui vous donnaient des coups de bâton sur le dos. En cinq secondes, tout était terminé.

– En quoi consisterait une véritable épreuve? demanda Alder.

– Oh... je dirais, descendre dans les mines d'azur, trouver une salle désignée par une étoile et récupérer un anneau bien particulier – voilà qui serait le test idéal pour toi.

– Les mines d'azur! Mais on dit qu'un Bedoowan ne peut survivre plus de quelques minutes là-dessous!

– Eh bien, ce ne serait pas une véritable épreuve si elle était sans risques, non? De plus, ce ne sont que des racontars... (Wencil fronça les sourcils d'un air pensif.) Du moins je le crois.

Alder avala sa salive. Était-il sérieux? L'idée qu'il puisse se payer sa tête agaçait Alder.

– Et si j'y allais là, tout de suite?

Le vieil homme haussa les épaules comme s'il s'en moquait.

– Très bien! Alors j'y vais!

Il espérait que Wencil l'arrêterait. Il ne voulait pas vraiment finir empoisonné dans une galerie de mine. Mais Wencil se contenta de sourire et d'agiter la main, puis leva les yeux vers le ciel comme s'il se demandait s'il allait pleuvoir.

Le chemin menant à la mine s'étendait sur un kilomètre ou deux. Wencil aurait tout le temps de le rattraper pour lui dire qu'il plaisantait. Au bout de deux minutes, Alder s'arrêta et se retourna. Le maître avait disparu.

Alder continua son chemin le plus lentement possible, s'arrêtant de temps en temps pour faire semblant de s'étirer ou de rajuster son pantalon. Mais chaque fois, il en profitait pour jeter un coup d'œil derrière lui – toujours pas de Wencil.

La bouche sombre et inquiétante de la mine ne cessait de se rapprocher. Sur le chemin, il y avait quelques petites collines. Dès qu'il descendait dans une des vallées qui le séparaient de sa destination, il se sentait mieux. Il était encore temps de mettre fin à cette mascarade. Mais chaque fois qu'il atteignait le sommet d'une pente, l'ouverture se rapprochait.

Tout en marchant, il se rappela ce qu'il avait entendu à propos de cette mine. Il était sûr que les Milago étaient des êtres inférieurs aux chevaliers Bedoowan, mais ils montraient une résistance étonnante aux gaz qui empoisonnaient les galeries. Des gaz qui pouvaient tuer un Bedoowan.

Du moins c'est ce qu'on disait. Pas un seul Bedoowan n'y était entré depuis des générations. Comment pouvait-il en être sûr ?

Pendant qu'Alder ruminait ces pensées sinistres, il atteignit le sommet de la dernière colline qui dominait la mine. Il eut le plaisir de constater qu'un groupe de jeunes hommes se tenait entre lui et l'entrée. Ils semblaient occupés. « Quoi qu'il en soit, se dit-il, ça me donnera peut-être une excuse pour ne pas entrer dans la mine. »

Alors qu'il continuait son chemin, Alder reconnut deux des garçons… et son moral dégringola aussitôt. C'étaient Eman et Neman. Il montait régulièrement la garde avec eux, et ils ne rataient jamais une occasion de le tourmenter. Le troisième était manifestement un

Milago – il avait les cheveux noirs et la peau blême de ceux qui passent leur vie sous terre.

Eman tenait le Milago par le col de sa chemise crasseuse et élimée. Neman et lui étaient sans aucun doute plus baraqués que leur victime.

– Que faisais-tu à traîner autour du château? demandait Eman.

– Je ne traînais pas! répondit-il. Je cherchais des champignons!

Eman poussa le garçon dans les bras de Neman.

– Tu volais les champignons du roi? rétorqua Neman. Oh, c'est un crime très grave.

Il renvoya le garçon vers l'autre Bedoowan.

– Tu m'as poussé? s'écria ce dernier. Tu as vu, Neman? Ce petit Milago a bousculé volontairement un chevalier Bedoowan. Je suis outré!

– Salut, les gars, lança Alder. Qu'est-ce qui se passe?

Les deux garçons se retournèrent. Eman leva les yeux au ciel.

– Tiens, qui voilà! s'écria-t-il avec un sourire hypocrite. Dieu merci! On vient de capturer un dangereux rebelle Milago, et on peut avoir besoin de ces dons de combattant hors pair que tu ne cesses de perfectionner dans la forêt avec grand-père Wendy.

– Wencil, corrigea Alder. Il s'appelle Wencil.

Eman et Neman eurent un rire railleur.

– Peu importe, reprit Eman. De toute façon, on contrôle la situation, cadet.

Alder aurait pu continuer son chemin, mais il avait plus peur de la mine que de ces deux-là.

– Je vous en prie, supplia le garçon en regardant Alder, je n'ai rien fait de mal. Je ramassais des champignons. Au village, tout le monde le fait. Aucune loi ne l'interdit.

— C'est vrai ? demanda Alder. Il ne faisait que ramasser des champignons.

Eman lui décocha un regard dur :

— Je te l'ai dit, cadet, on contrôle la situation.

Il ponctua sa phrase en poussant en avant le jeune Milago. Sans douceur.

— Je ne sais pas. Pour moi, on dirait plutôt que vous l'embêtez sans raison.

— Oh, vraiment ! répondit Neman avec un sourire glacial. Mettons-nous bien d'accord, Alder. Est-ce que toi, un simple cadet, tu préfères te ranger du côté d'un Milago plutôt que de deux chevaliers Bedoowan ?

Alder s'éclaircit la gorge :

— Heu, je…

Son cœur battait la chamade. Il repensa aux discours de Wencil insistant sur le fait qu'un chevalier Bedoowan se devait d'aider les plus pauvres.

— Eh bien, oui. Je crois qu'en effet, vous tourmentez ce garçon sans raison.

Eman regarda Neman. Neman regarda Eman. Ils haussèrent les sourcils de façon presque comique.

— As-tu entendu la même chose que moi, Eman ?

— Je crois que oui, Neman.

— Laissez-le partir, déclara fermement Alder.

— Tu veux rire ? rétorqua Eman.

Alder avait toujours pensé que son corps massif était un désavantage dans sa quête pour devenir un chevalier Bedoowan. Mais soudain, il s'aperçut qu'il était le plus costaud des quatre. Il se redressa de toute sa taille :

— Je ne plaisante pas. Laissez-le partir.

– Ou sinon ? demanda Nemn.

– Ou sinon… *ça*, répondit-il, tirant son bâton d'ipo de sa ceinture.

Eman et Neman éclatèrent d'un rire moqueur.

– Occupe-toi du Milago, dit Eman à Neman, pendant que je donne une bonne leçon à cet avorton.

Tout d'un coup, Alder ressentit une étrange sensation. Comme s'il se regardait agir. Il aurait dû avoir peur. Au contraire, il se sentait calme – presque impatient. Cela faisait des années qu'il assistait aux entraînements de l'Académie, et il savait désormais qu'ils ne valaient pas grand-chose à côté de ce que Wencil lui avait enseigné.

– Assez parlé, déclara-t-il.

Une lueur mauvaise s'alluma dans l'œil d'Eman. Alder le vit venir à des kilomètres. Il allait procéder à la combinaison classique que Maître Horto leur faisait répéter – une taille pour affaiblir l'adversaire, suivie d'un coup vers le bas, puis une poussée horizontale. Alder mit sa main gauche dans sa poche. Il était bien décidé, non seulement à vaincre Eman, mais aussi à le ridiculiser.

En effet, celui-ci effectua son attaque classique. Alder fit un pas de côté, évitant le coup. Lorsqu'Eman ramena son épée, Alder bloqua la lame. Il para sans difficulté les deux assauts suivants. Eman s'arrêta, cligna des yeux, avala sa salive.

– Quoi, fit Alder, c'est tout ? J'aurais cru qu'un chevalier Bedoowan serait un peu plus aguerri.

Rouge de colère, Eman oublia toutes les techniques de combat que Maître Horto lui avait enseignées. Il attaqua brutalement, sans finesse. À la grande surprise d'Alder – et sa grande satisfaction – il constata que son adversaire n'avait pas grand-chose à lui opposer. Chacun de ses assauts était maladroit et prévisible. Il connaissait déjà tous ses mouvements à l'avance.

– Toute la journée, dit Alder en parant coup après coup. Toute la journée.

– Neman ? siffla Eman entre ses dents. Un petit coup de main, peut-être ?

– Et ce gamin Milago ?

– Laisse tomber !

Neman s'empressa de glisser une cordelette autour des poignets du garçon, puis les lia derrière son dos. Il l'attacha à un arbre, dégaina son épée et bondit. Alder réalisa alors qu'il était dépassé. Eman était le plus vantard des deux mais au bout de quelques secondes, il devint évident que Neman était un escrimeur d'une autre trempe. Ce qui était un duel facile se transforma en combat acharné à deux contre un.

Lutter avec une main en poche n'allait pas suffire, c'était sûr. Alder s'y mit pour de bon, employant tous les tours que Wencil lui avait enseignés. Mais ce n'était pas assez. Du coin de l'œil, Alder vit que le jeune Milago luttait furieusement pour se libérer. En vain, puisque ses mains étaient liées.

– Alors, qui fait le malin maintenant ? demanda Eman, donnant un coup vicieux sur la jambe d'Adler.

Il frappait avec le plat de sa lame : il ne voulait pas l'estropier, juste le remettre à sa place. Tandis qu'Alder parait, Neman passa derrière lui et lui donna un coup dans le dos.

Alder virevolta, faisant face à Neman. Une passe d'armes et la lame du Bedoowan s'envolait. Mais Eman lui donna un autre coup. Ça faisait mal !

Alder se retourna à nouveau. Neman en profita pour récupérer son épée.

– Simple coup de chance, gros lourdaud, grinça-t-il en lui cognant la jambe.

Alder battit en retraite. Il commençait à perdre courage. Il se recula tout en essayant de garder à l'œil ses deux adversaires. C'est alors qu'il vit une silhouette adossée à un arbre.

Il se sentit aussitôt soulagé. C'était Wencil. Ce brave homme allait le tirer de ce mauvais pas !

– Wencil ! lança-t-il.

L'interpellé eut un grand sourire.

– Tu t'en sors bien, fiston !

Quoi ? Il voulait rire ?

Alder lui lança un regard suppliant. Mais le vieil homme se contenta de croiser les bras et resta adossé à son arbre, un sourire placide au coin des lèvres.

Distrait par l'apparition de Wencil, Alder perdit de sa concentration et reçut plusieurs coups – un sur le menton, un sur le bras et un particulièrement douloureux en plein visage.

Il comprit qu'il ne pouvait pas gagner ce combat. C'était douloureusement évident. Mais il réalisa que s'il était bon pour recevoir une raclée, autant atteindre son but et libérer le garçon Milago. S'il y parvenait, Eman et Neman auraient tout de même perdu.

Alder tira son couteau. Redoublant de moulinets furieux, il réussit à repousser ses deux adversaires, se frayant un chemin pour courir vers le Milago. D'un coup, il trancha la cordelette qui l'entravait.

– Va-t'en, siffla-t-il.

Le garçon cligna des yeux.

– Pourquoi est-ce que…

– File ! cria Alder.

Le gamin ne se le fit pas dire deux fois. Il tourna les talons et s'enfuit comme un lapin effrayé. Et comme un lapin, il s'échappa en disparaissant subitement dans un petit trou.

Malheureusement, s'il avait réussi à libérer le captif, Alder s'était mis en position délicate. Maintenant, Eman et Neman marchaient sur lui de deux directions opposées pour le prendre en tenaille. Il ne pouvait les affronter les deux à la fois. Pas sans se faire pousser une autre paire de bras.

Il décida qu'il était temps de battre en retraite.

C'est alors que son corps surdimensionné le trahit. Lorsque son pied se coinça dans une souche, il tituba et s'affala dans un bruit sourd.

Eman et Neman bondirent pour le matraquer inlassablement du plat de leurs épées. Il n'y avait rien d'autre à faire que se rouler en boule et attendre que ça passe. Les coups pleuvaient de tous les côtés.

« Où est Wencil ? pensa-t-il amèrement. Quand va-t-il enfin intervenir ? » Mais lorsqu'il jeta un coup d'œil vers l'arbre auquel il s'adossait, Alder perdit tout espoir. Son professeur n'était plus là.

– Admets que nous sommes plus forts que toi, dit Eman, et nous te laisserons en paix.

– Dis-le, ami des Milago ! renchérit Neman. « Je suis un gros nul ! »

– Gros nul ! reprit Eman. Gros nul !

Puis une petite voix claire s'éleva :

– Regardez par ici, bouffons Bedoowan !

Alder leva les yeux pour voir d'où provenait cette voix. Le garçon Milago passait la tête par le trou où il avait disparu et agitait frénétiquement les mains.

– Par ici ! répéta-t-il.

Alder enserrait toujours son bâton d'ipo. Il le brandit, décrivant un grand cercle. Eman et Neman bondirent en arrière pour ne pas se prendre un mauvais coup. Ils laissèrent à Alder juste assez de temps pour se relever et partir vers le trou d'où sortait le garçon Milago.

– C'est ça ! cria Eman. Va-t'en, espèce de lâche !

Alder regarda par-dessus son épaule. Eman et Neman s'étaient lancés à ses trousses. Ils ne couraient pas si vite, mais étaient assez rapides pour qu'Alder comprenne qu'il n'avait pas le choix. Soit il plongeait dans ce trou, soit il se faisait tabasser.

– Suis-moi ! cria le jeune Milago.

Alder se le tint pour dit. Même s'il n'avait aucune envie de se cacher dans une espèce de terrier de lapin, il ne pourrait pas supporter un surcroît d'humiliation. Il sauta donc dans le trou. Il ne se posa même pas la question de savoir ce qu'il faisait là ni sur quoi il débouchait. Il ne pensait qu'à s'échapper.

– Par ici, chuchota le garçon.

Le trou était plus grand, plus large, plus sombre qu'Alder ne l'aurait cru. Maintenant qu'il s'y trouvait, il se demandait ce que c'était.

– Où sommes-nous ?

Le garçon Milago ne répondit pas. Il se contenta de disparaître comme s'il était passé par une trappe.

Alder palpa les ténèbres. Ses doigts se refermèrent sur les barreaux d'une échelle. Voilà donc où était passé ce gamin. Il était descendu.

– Gros nul ! Gros nul !

Au-dessus de lui, deux lames d'épée fouillaient le trou. S'il restait là, comprit-il, elles ne tarderaient pas à lui trouer la jambe.

Alder s'empara des montants de l'échelle et descendit dans le noir. Une fois au fond, il se retrouva dans un long couloir bordé de torches. Pas la moindre trace du garçon Milago.

Alors seulement, il comprit où il se trouvait.

« Je suis dans les mines ! pensa-t-il. Maintenant, je suis mort ! »

CHAPITRE 6

– Ainsi, dit Wencil, tu as affronté les mines ?

Alder gisait sur le sol d'une des pièces les plus reculées de la maison de son maître, lequel était occupé à mettre du baume sur ses bleus.

– Je n'y suis resté qu'une minute ou deux, répondit Alder morose. Lorsque je suis ressorti de ce trou, Eman et Neman étaient repartis.

– Les vapeurs toxiques ne t'ont pas tué, à ce que je vois, dit Wencil avec un sourire fat.

– Pour vous, toute cette histoire est une vaste blague, c'est ça ? rétorqua Alder.

Wencil claqua l'épaule d'Alder, visant délibérément un de ses bleus.

– Voilà. Ça devrait aller.

– Aïe ! fit Alder en remettant sa chemise. Pourquoi ne m'avez-vous pas aidé ? ajouta-t-il en se relevant.

– Tu t'en sortais bien.

– Quoi ? Je me faisais humilier, oui !

– C'est vrai, reprit Wencil en haussant les épaules.

Alder soupira.

– Alors il faut croire qu'ils avaient raison. Je suis un gros nul.

– Tu as pris sur toi de défendre quelqu'un qu'on agressait injustement. Tu as surclassé sans peine l'un de tes adversaires et, lorsque l'équilibre des forces a changé en ta défaveur, tu as opéré une retraite stratégique. Moi, j'appelle ça une victoire.

– Ben voyons, répondit amèrement Alder.

– Écoute, reprit Wencil. Si tu as affronté ces deux imposteurs qui se font passer pour des chevaliers, c'est parce que tu voulais aider ce jeune Milago. C'était ton but, et tu l'as atteint. Tu as *gagné*, Alder. Tu as gagné !

Alder pencha la tête sur le côté avec curiosité. Il n'avait pas vu les choses de cette façon.

– Vraiment ? Vous croyez ?

Wencil acquiesça.

– Tous ces bleus ? Ce sont autant de trophées célébrant ta victoire.

– Je doute qu'Eman et Neman soient d'accord avec vous. Tout le château va les entendre se vanter de m'avoir flanqué une râclée.

Il pouvait imaginer les railleries qui l'accompagneraient partout où il irait à partir de cet instant.

– Comment vais-je devenir un chevalier si tout le monde me croit faible ?

Wencil se leva et partit vers la pièce d'à côté.

– Suis-moi, ordonna-t-il.

Alder obéit. Comme le reste de la maison, la salle était à peine meublée. Ce n'était qu'une pièce sinistre et déprimante dont même un Novan du château n'aurait pas voulu.

Wencil désigna un point sur le sol devant lui.

– Tiens-toi là.

Alder fit ce qu'il lui disait. Wencil tira son épée.

226

– Cette lame s'appelle « Lumière-qui-tombe ». Elle fut forgée dans les grandes fonderies du roi Owenn. Lorsqu'il la vit en mouvement, il déclara avoir l'impression de voir un éclair de lumière tomber du ciel.

Alder ne comprenait pas où il voulait en venir.

– À genoux, ordonna Wencil.

– Hein ?

– À genoux !

Alder fronça les sourcils. Puis il obéit.

– Es-tu prêt ?

– Pour quoi ?

– À devenir un chevalier.

Alder comprenait encore moins. Wencil voulait-il se moquer de lui ? Était-ce encore un de ses tours visant à lui apprendre une leçon obscure sur le comportement d'un vrai chevalier ?

– Je t'ai posé une question, reprit Wencil.

– Oui, répondit Alder. Je suis prêt.

– Bien. (Wencil tendit son épée.) À partir de maintenant, cette lame t'appartient. Qu'elle te serve bien et t'aide à servir les autres.

Alder prit l'arme. Il se sentait gourd, stupide et perdu. Il fixa l'épée. Comme Wencil ne l'avait encore jamais sortie, il n'avait jamais eu l'occasion de l'examiner. C'était la plus belle qu'il ait jamais vue. La poignée était simple et usée, mais la lame était extraordinaire. Une bande de petites runes était gravées en son centre, une légende inscrite dans le métal en une langue qu'il ne comprenait pas. Mais le plus important était encore l'acier lui-même. Son grain était sillonné de fines nervures comme si de l'eau s'écoulait sous sa surface. Le métal semblait presque vivant.

Et à ce moment, alors qu'il regardait l'épée, il comprit que ce n'était ni une ruse, ni une plaisanterie, ni une leçon déguisée. Cette lame était bien réelle. Ce qui signifiait...

— Je... Je ne comprends pas.

— Cette semaine, à un moment ou à un autre, je vais aller au château t'inscrire au registre des chevaliers.

— Mais... on est censé passer par une grande cérémonie dans la cour. Une cérémonie qui coûte beaucoup d'argent. Il faut recevoir un certificat d'un instructeur licencié. Il faut...

Wencil eut un reniflement de mépris.

— Il y a bien longtemps, le roi Karel a été mon élève. Il signera personnellement le certificat et la proclamation.

— Le *roi Karel* a été votre élève ?

— Et en plus, il était assez médiocre. Mais d'une grande bonté. Peut-être trop même pour être roi.

Alder se gratta la tête.

— Tout ceci... est vraiment sérieux ?

— Aujourd'hui, tout le monde pense que devenir chevalier est une fin en soi. Or c'est faux. Ce n'est que le début. Le début d'un long et pénible combat. Dans le temps, c'était sur le champ de bataille qu'on devenait un chevalier. Il n'y avait pas de cérémonie, pas de chorus, pas de trompettes. Après la bataille, lorsqu'on avait enterré ses morts, remballé ses armes et nourri son cheval, un officier s'approchait et disait « Aujourd'hui, tu t'es battu comme un chevalier. Maintenant, tu en es un. » Et c'était tout.

Alder ne sut que répondre.

— Aujourd'hui, tu t'es battu comme un chevalier, reprit Wencil. Debout.

Alder se releva. Wencil retira la ceinture et l'étui de l'épée nommée Lumière-qui-tombe et l'attacha autour de la taille d'Adler.

– Maintenant, rentre te reposer. Tu as beaucoup à apprendre et nous avons peu de temps. Demain, tu devras t'entraîner encore plus dur.

Pardon ? La plupart des Bedoowan arrêtaient les exercices le jour où ils devenaient chevaliers. Mais il ne dit rien. Pourtant, il avait envie de demander, « À quoi bon être un chevalier si c'est pour s'entraîner encore plus dur ? »

Sans un mot de plus, Wencil tourna les talons et gagna la salle d'à côté. Alder se dit qu'il avait vraiment l'air vieux et fatigué. Au bout d'un moment, il l'entendit gagner d'un pas lourd la chambre où il dormait.

Alder sortit tant bien que mal de la maison. Il faisait noir et les rues étaient plongées dans l'obscurité. Il n'avait pas parcouru plus d'une centaine de mètres lorsqu'il comprit enfin. Il allait devenir chevalier ! Après toutes ces années d'angoisse, de reculs et de gênes… parfois, il avait même cru qu'il n'y arriverait jamais, qu'il resterait un de ces sous-Bedoowan dépourvus de titre qui traînaient dans le château et dont tout le monde se moquait cruellement…

Une chaleur nouvelle naquit en son cœur. Il était un chevalier. Un vrai !

Il tira l'épée de Wencil – non, maintenant, c'était la sienne ! – de son étui et l'agita en l'air.

– Je vais être chevalier ! s'écria-t-il avec un grand sourire. Je vais être chevalier !

CHAPITRE 7

Wencil ne s'était pas moqué de lui. Le lendemain, il dut s'entraîner encore plus dur que les semaines précédentes. Son maître lui fit monter et descendre des collines en courant, traverser la rivière à la nage et revenir – trois fois de suite. Puis il dut escalader des arbres. Chaque exercice était encore plus fatigant que le précédent. Puis, lorsque Adler crut qu'il allait tomber raide, Wencil l'attaqua avec un épieu.

Ils luttèrent ainsi pendant deux heures, les bois s'entrechoquant. Épée contre épieu. Épieu contre pique. Épée contre épée. Pique contre bâton. Bâton contre épée. Il n'y eut pas de pause déjeuner. Encore courir, encore des exercices, encore des duels à l'épée. Alder fit de son mieux, tentant d'ignorer la fatigue. Mais au-delà d'un certain point, il sentit qu'il ne pouvait plus continuer.

– Pourquoi fait-on tout ça ? finit-il par demander. Je n'ai pas le droit de faire une pause ? Une récompense pour être enfin devenu chevalier ?

– Non, répondit Wencil en secouant la tête.

Enfin, lorsque les soleils commencèrent à descendre à l'horizon, Wencil s'assit contre un arbre. Il avait grise mine, sa peau était tirée, ses traits creusés.

– Puis-je me permettre de vous demander votre âge ?

Wencil eut un sourire triste.

– Je suis bien trop vieux. (Il ouvrit un petit sac et en tira deux pommes et deux morceaux de pain.) Tiens.

Il lança à Alder un bout de pain et une pomme. Ils mangèrent en silence. Ou plus précisément, Alder dévora pendant que Wencil se contentait de grappiller des miettes. Ses yeux avaient perdu de leur éclat et il regardait dans le lointain d'un air absent. Finalement, il tendit à Alder ce qui lui restait.

– Tiens, fiston. Je n'ai pas faim.

Alder termina son repas. Une fois la dernière miette avalée, Wencil déclara :

– J'ai à te parler. Je n'aurai peut-être pas le temps ou la force.

Alder se tourna vers son instructeur.

– Que voulez-vous dire ?

Wencil avait l'air d'hésiter, ce qui ne lui ressemblait guère.

– J'espérais pouvoir un jour t'appeler « mon fils », mais les circonstances m'ont empêché d'être là pour toi, et je m'en excuse. Je suis désolé pour ce que tu as dû endurer là-dedans.

Il agita son bâton noueux en direction du château.

Son *fils* ? Que racontait-il ?

– Je ne comprends pas.

– Tu n'es pas qu'un chevalier. Tu es un Voyageur. Tout comme moi.

– Un Voyageur ? Qu'est-ce que c'est ?

– Ce serait une trop longue histoire. Je ne suis pas sûr d'avoir la force de tout te raconter ce soir. Demain peut-être, d'accord ?

CHAPITRE 8

Mais le lendemain, lorsque Alder se présenta chez Wencil, celui-ci n'était pas là. Un message était punaisé à la porte.

Je suis au château. Je vais tenir une audience avec le roi Karel afin de discuter de ton futur statut de chevalier. Ne crois pas que j'ai oublié ce que tu as enduré. Aujourd'hui, il faudra que tu entres dans les mines pour y récupérer ton anneau. Tu devras chercher une salle avec une étoile gravée dans le mur près de la porte. À l'intérieur, tu trouveras l'anneau qui fera de toi un Voyageur. Tu y découvriras aussi ton destin. À ton retour, le roi Karel te nommera chevalier.
Wencil.

Alder en resta bouche bée. Il avait espéré que le combat de l'autre jour le dispenserait de devoir aller dans la mine. Wencil ne pouvait-il pas lui donner une épreuve à accomplir, comme le faisait Maître Horto à l'Académie ? Cette grande épreuve se terminait en un clin d'œil. On s'en tirait avec quelques bleus et voilà tout. Un instant, il se demanda pourquoi il devait

absolument descendre dans cette mine. Que prouverait-
il ainsi ? Ce n'était pas juste. Les autres chevaliers
n'avaient pas à subir une telle épreuve.

Mais son ressentiment ne dura pas. Si Wencil tenait
absolument à ce qu'il descende dans la mine, il obéirait.
Wencil ne cessait de lui répéter qu'il n'était pas comme les
autres, non ? Eh bien il allait lui prouver qu'il avait raison !
Il sourit et se mit à descendre le chemin menant aux mines.

**

Quelques minutes plus tard, Alder scrutait les profondeurs du trou où il avait plongé pour échapper à Eman et
Neman. Il n'y avait pas d'écriteau, pas de rambarde, rien
pour empêcher les promeneurs de tomber dedans. Son
cœur battait la chamade. Depuis son plus jeune âge, il
avait toujours entendu dire que ces mines étaient dangereuses. On racontait même aux enfants Bedoowan que
des monstres s'y cachaient. Sa nounou, une Novan, le
tançait en prétendant que « s'il n'était pas sage, les quigs
viendraient le prendre pour l'entraîner dans les mines ».

Il inspira deux fois profondément, regarda autour de lui
pour voir s'il y avait quelqu'un, puis sauta dans le trou.

Quelques secondes plus tard, il se retrouvait dans le
couloir où il s'était caché pour échapper aux deux
chevaliers. Les torches accrochées aux murs avaient
bien du mal à dissiper les ténèbres. Le couloir se
divisait en deux galeries. Des filets d'eau suintaient le
long des murs. L'air était glacial et oppressant. Quel
chemin prendre ? Au hasard, il choisit la galerie de
gauche. Au bout d'une minute ou deux de marche
prudente, il entendit des voix.

Alder se dirigea dans cette direction. Mais si ces mêmes voix devenaient de plus en plus claires, il faisait cependant de plus en plus noir. Il n'y vit bientôt plus rien du tout. Il fut réduit se guider en palpant le mur glissant.

Soudain, le sol se déroba sous ses pieds. Il se mit à dévaler une pente. Finalement, il atterrit sur un sol de pierre dure. Il se retrouva dans une petite cave mal éclairée dont les murs portaient encore la trace des pioches qui l'avaient creusée. Tout autour de lui s'élevait un bourdonnement de conversations.

Il s'assit et scruta la grotte. Un groupe de mineurs Milago travaillait à l'autre bout, leurs corps si noirs de crasse que seuls leurs yeux blancs ressortaient de leurs visages. Dès qu'il se redressa, ils se turent et se tournèrent vers lui.

– Heu, désolé de vous interrompre, dit Alder, mais je cherche une chambre. Il y a une étoile gravée dans le mur près de la porte.

Les mineurs le fixèrent comme s'il sortait d'un asile de fous. Leurs regards n'avaient rien d'accueillant. En fait, ils brûlaient d'une haine qu'ils ne cherchaient même pas à dissimuler.

Finalement, un d'entre eux se redressa et marcha vers lui.

– Tu cherches une chambre ? demanda-t-il, incrédule.

Il y avait quelque chose de menaçant dans sa voix.

– Oui. Avec une étoile gravée juste à côté.

– Une *chambre* ! fit l'homme en grimaçant. Ici, ce n'est pas un hôtel, Bedoowan !

À la surface, lorsqu'un Milago parlait à un Bedoowan, il baissait les yeux. Et ils s'adressaient toujours à eux par les termes de « Monsieur »,

« Maître », ou même « Monseigneur ». Or cet homme lui manquait ouvertement de respect. Alder fut soudain irrité.

– Eh bien, une chambre ? Une salle ? Un espace ? Je ne sais comment vous l'appelez.

Le Milago se tourna vers les autres mineurs. Ses dents étincelèrent dans la pénombre.

– Il veut une chambre ! Eh bien, on va lui en montrer une, pas vrai, les gars ?

Le silence retomba.

Le Milago se tourna à nouveau vers Alder :

– Non, Bedoowan, j'en doute fort. On ne veut pas de vous autres ici-bas.

– C'en est assez ! Écoutez-moi…

Alder tenta de prendre le ton de commandement qu'employaient généralement les chevaliers Bedoowan lorsqu'ils s'adressaient à leurs inférieurs. Mais il n'était pas très convaincant.

– Non, c'est *toi* qui vas nous écouter ! reprit le mineur en tendant son doigt crasseux vers Alder. Tu n'as rien à faire ici. Repars d'où tu viens.

Alder se leva. Il voulait montrer à ces Milago qui était le chef, mais comme il était plus grand que les mineurs, il se cogna violemment le crâne contre le plafond.

– Aïe ! s'écria-t-il.

– Oh, regardez ! reprit l'un des Milago d'un ton faussement compatissant. Ce pauvre chevalier s'est fait mal !

– Oups, fit un autre.

Tous se redressèrent et s'approchèrent d'Alder. Et certainement pas pour l'aider. Les mineurs portaient de petites lampes accrochées autour de leur front, et toutes ces lumières soudain braquées sur lui l'éblouirent. Il tendit les mains pour se protéger les yeux. Il n'avait encore jamais entendu des Milago parler comme ça. Pas une seule fois. Ils étaient toujours calmes et respectueux.

Un des mineurs lui envoya un bout de pierre qui le prit par surprise et rebondit sur son front avant qu'il ait pu l'éviter. Il était assez gros pour lui faire mal.

— Oups, répéta l'homme qui l'avait lancé. Ce crétin de chevalier s'est encore cogné.

— Tu sais, Bedoowan, ces mines ne sont pas sûres, reprit un autre Milago.

Il ramassa une autre grosse pierre et la soupesa dans sa main.

— Toutes sortes d'accidents arrivent ici-bas, reprit-il. Des éboulements, des explosions... (Son sourire étincela dans la pénombre.) Des chutes de pierres.

Cette fois, il jeta son projectile de toutes ses forces. Alder se pencha pour l'éviter, mais le bout de roche explosa en frappant le mur derrière lui dans une pluie de fragments. Alder passa sa main sur son visage. Lorsqu'il la ramena, ses doigts étaient tachés de sang.

— Attendez un peu ! fit-il avec colère. Je ne sais pas à quoi vous jouez, mais...

— C'est l'heure de la vengeance, Bedoowan ! cria un des mineurs.

Une pierre siffla près de sa tête. Puis une autre. Il tenta de les éviter, mais les mineurs étaient nombreux. Et tous lui jetaient des bouts de roche qui frappaient sa poitrine et ses épaules.

— Qu'est-ce qui vous prend ? cria Alder. Je ne vous ai jamais rien fait de mal !

Il se prit un bout de roche sur la tête et vit des étoiles. Soudain, la peur lui mordit les entrailles. S'ils continuaient comme ça, ils allaient le tuer !

Alors qu'il se protégeait le visage tout en tentant de se diriger vers une des entrées les plus proches, une voix s'éleva :

– Hé, les gars, arrêtez !

Les jets de pierres continuèrent et les mineurs ne cessaient de lui cracher des insultes.

– Suffit !

Un instant, ils cessèrent de le lapider. Alder ne comprenait plus rien. Un mineur plus mince et plus jeune était entré dans la caverne.

– Qu'est-ce qui te prend, gamin ? cria un des Milago.

– L'autre jour, ce chevalier m'a aidé. Il m'a sauvé de deux brutes qui ont pour habitude de tabasser les Milago !

Le visage du garçon était couvert de poussière de charbon, si bien qu'Alder ne put le reconnaître.

– Quelle importance ? cria un mineur en jetant une autre pierre à Alder. Les Bedoowan se valent tous. Ce sont tous des sangsues. Ils ne font que voler notre azur et rester dans leur château à faire du lard.

– Mais celui-là est sympa ! insista le jeune garçon.

– Tais-toi, gamin, fit un mineur plus âgé. Quand tu grandiras, tu comprendras. Même si un Bedoowan se fait passer pour un ami, c'est juste qu'il veut te prendre quelque chose.

Plusieurs Milago se remirent à lui jeter des pierres. L'une le frappa en pleine poitrine. La situation ne pouvait qu'empirer. Il ne lui restait plus qu'à s'enfuir. Il fonça vers la galerie la plus proche.

– Pas par là ! cria le jeune mineur. Suis-moi !

Alder partit en courant derrière le garçon, baissant la tête pour ne pas se cogner la tête contre le plafond. Tandis qu'il cavalait, des pierres martelèrent le mur derrière lui.

Des cris rageurs résonnèrent dans les galeries. Les mineurs se lancèrent à sa poursuite.

– Attrapez-le ! lançaient-ils. Tuez le Bedoowan !

Les impacts de pierres se rapprochaient.

– Par là ! cria le jeune Milago.

La lumière tourna sur sa gauche. Alder plongea dans une autre galerie. Celle-ci était si petite et si sombre qu'il pouvait à peine voir où il posait les pieds.

Le Milago s'était arrêté et avait éteint sa lampe.

– Chut ! murmura-t-il. Ne bouge pas !

Alder put entendre des cris rageurs et des martèlements de pas provenant de la galerie principale. Les deux garçons restèrent là, figés côte à côte.

Lorsque les bruits décrurent jusqu'à disparaître, le Milago ralluma sa lampe.

– Revenons sur nos pas, dit Alder.

Le garçon secoua la tête :

– C'est le premier endroit où ils nous chercheront. Il va falloir sortir par un des vieux tunnels.

Alder acquiesça :

– Au fait, merci. Je m'appelle Alder.

– Et moi Gaveth.

Alder lui tendit la main. Gaveth la regarda un moment avant de la serrer avec circonspection.

– Viens, dit-il. On va te sortir de là.

– En fait, je cherche quelque chose. Une chambre ou une salle avec une étoile gravée dans la pierre à côté de la porte. Tu sais où je peux trouver ça ?

Le gamin se retourna pour regarder Alder avec curiosité.

– Pourquoi ?

– Il y a là-dedans quelque chose que je dois récupérer.

– De l'azur ?

– Non, pas ça.

– Alors pourquoi un Bedoowan descendrait-il jusqu'ici ? Tout le monde sait que les tiens ne s'aventurent jamais dans les mines.

– Je cherche un anneau.

Leurs pas résonnèrent entre les parois de l'étroite galerie. Plus ils avançaient, plus le boyau rétrécissait, si bien qu'Alder dut se mettre de biais pour pouvoir continuer d'avancer. L'air semblait plus lourd, plus confiné, plus chaud, difficile à respirer.

– Tu sais où est cette salle ?

Gaveth secoua la tête.

– Il y a beaucoup de galeries ici-bas. Personne ne les connaît toutes.

– Tu sais où on va, au moins ?

Il y eut un bref silence.

– Heu… Non.

Ils continuèrent leur chemin.

– J'ai aussi entendu dire qu'il y avait des quigs là-dessous.

– Écoute, ces mines peuvent être dangereuses. Il faut se montrer prudent. On raconte toute sorte d'histoires pour faire peur aux gamins afin qu'ils ne s'y aventurent pas. Mais j'ai pas mal exploré le coin et n'ai jamais vu le moindre quig.

– Oh. D'accord.

Finalement, au moment ou le passage devenait si étroit qu'Alder n'était pas sûr de pouvoir passer, la galerie déboucha sur une grande caverne. Des points de lumière bleue brillaient aux quatre coins de l'immense salle.

– Dis donc !

– C'est de l'azur, déclara Gaveth. Il y a des années qu'on a extrait l'essentiel de ce filon, mais des fragments sont restés enchâssés dans les murs.

Alder s'arrêta pour regarder avec attention le spectacle.

– Faut qu'on bouge, remarqua nerveusement Gaveth.

L'atmosphère était si étouffante que la respiration d'Alder se fit sifflante.

– On ne peut pas faire une pause ? Je ne suis pas habitué à cet air.

– Non, il faut *vraiment* qu'on bouge.

– Pourquoi es-tu si pressé ?

Gaveth désigna la lampe accrochée autour de sa tête.

– Je n'ai plus beaucoup d'alcool. Dans cette vieille section de la mine, il y a peu de lumière. Si la lampe s'éteint, on est mal barré.

Alder n'aimait vraiment pas cet endroit. Les ténèbres, le manque d'air, l'étouffement que faisaient naître ce plafond bas et ces murs étroits lui déplaisaient. La simple idée de se retrouver dans ces couloirs sans lumière faisait naître en lui une angoisse sourde.

– Tu sais quoi ? dit-il. Bouger est une bonne idée. Allons-y.

Ils s'engagèrent dans un passage qui, rapidement, se scinda en deux. Gaveth s'arrêta et hésita.

– Lequel des deux ? demanda Alder.

– Heu… celui-ci.

– Tu en es sûr ?

Il y eut un silence. Un *long* silence.

– À peu près.

– Tu me rends nerveux, remarqua Alder.

– Hé, tu veux prendre ma place ? rétorqua le garçon.

– Non, je…

– Alors c'est bon !

Tout en suivant Gaveth, Alder demanda :

– Je peux te poser une question ?

– Pourquoi pas ? répondit Gaveth.

– Pourquoi est-ce que vous nous détestez tant ?

– Qui ça ?

– Nous. Les Bedoowan.

Gaveth parut surpris.

– Tu veux rire ?

Alder haussa les épaules.

– Heu… non.

Gaveth secoua la tête comme si le chevalier venait de proférer quelque chose de stupide.

– Tu plaisantes. Pourquoi est-ce qu'on ne vous détesterait *pas* ?

Alder ne comprenait pas.

– Eh bien… je veux dire, les Bedoowan protègent les Milago des bandits et des envahisseurs.

– Nous protéger ! répéta Gaveth sarcastique. C'est ce qu'on te dit au château ? Cela fait des générations qu'on n'a vu ni bandit, ni envahisseur !

– Oui, mais c'est parce qu'on est toujours là pour les chasser !

Gaveth éclata de rire.

– Vous autres Bedoowan vivez dans le luxe, là-haut dans votre château, pendant que les Milago se tuent au travail dans les mines. Chaque année, le roi – ou son chancelier, ce Mallos – nous demande d'extraire encore plus d'azur. Ce n'était pas si terrible avant l'arrivée de ce même Mallos. Mais maintenant, chaque année, on doit creuser davantage, toujours plus profond, pour trouver les filons. Ce n'est pas juste. Tu sais combien de mineurs sont morts l'an dernier ?

Alder secoua la tête.

– Des dizaines ! Et combien des Bedoowan sont morts pour nous protéger ?

– Heu…

– Et si un mineur se blesse ? Ou se tue dans la mine ? D'après toi, que deviennent ses enfants ? Ils meurent de faim.

– Pourquoi est-ce que personne ne leur vient en aide ?

– As-tu déjà vu un Milago gras ? On a tous faim. Il n'y a rien à partager.

Alder n'arrivait pas à y croire. Toute sa vie, on lui avait répété que les Bedoowan risquaient leurs vies pour protéger les Milago et les Novan. Mais Gaveth avait raison. Les Bedoowan n'étaient pas allés au combat depuis des générations entières. Il n'y avait plus de guerres. Donc, pour les Milago, ils avaient plutôt la belle vie.

Et c'était peut-être vrai. Drôle de sensation que de s'apercevoir que tout ce qu'on lui avait dit n'était que mensonges. Ce devait être ce que signifiait Wencil en parlant tout le temps du passé et en répétant que les Bedoowan d'aujourd'hui n'étaient plus tels qu'ils devaient être. Alder croyait qu'il pensait que les Bedoowan étaient devenus paresseux et ne s'entraînaient plus aussi dur. Mais peut-être y voyait-il quelque chose de plus profond.

Alors qu'il finissait d'absorber tout ce que Gaveth lui avait dit, les deux garçons s'arrêtèrent à nouveau. Ils venaient d'entrer dans une vaste caverne où s'ouvraient six galeries. Le regard de Gaveth passa de l'une à l'autre.

– Tu sais où on est ? demanda Alder.

Le garçon ne répondit pas.

– On n'est pas déjà passé par là il y a un quart d'heure ?

Gaveth s'éclaircit nerveusement la gorge.

– Peut-être.

Soudain, Alder eut l'impression de suffoquer. Les murs semblaient se refermer sur lui. Il ne désirait rien de plus que sortir de cette mine.

– Donc… en somme… tu n'as pas la moindre idée d'où on est.

– En somme ? Oui.

Alder avait envie de fondre en larmes. Sauf qu'un chevalier ne pleure pas.

– Alors, quel chemin prend-on ? demanda-t-il.

– Heu… (Gaveth désigna une entrée de galerie. Puis une autre.) Celle-ci ?

– Tu en es sûr ?

Un instant, Gareth ne dit rien. Puis ils entendirent un bruissement, comme si on traînait quelque chose sur le sol de pierre.

– Qu'est-ce que c'était ? demanda Gareth.

– C'est toi l'expert, répondit Alder. À toi de le dire.

Silence. Puis deux chocs sourds et un raclement. Gaveth ouvrit de grands yeux.

– Oui, mais c'est toi le chevalier Bedoowan. Tu es formé pour ça. Que doit-on faire ?

– Heu…

D'autres chocs leur parvinrent, de plus en plus sonores. Ils se rapprochaient.

– D'après ma formation… (Alder entendit sa voix monter dans les aigus) je crois qu'il vaut peut-être mieux…

Alder vit deux yeux jaunes, luisant dans les profondeurs d'une des galeries.

– … filer !

CHAPITRE 9

– Un quig ! cria Gaveth.

Alder tenta désespérément de tirer son épée alors que l'énorme bête fonçait vers eux. Il ne pouvait pas la voir, mais c'était inutile. Il savait à quoi elle ressemblait – c'était une sorte d'ours géant avec des crocs comme des poignards, une crête osseuse sur le dos et des griffes assez longues pour couper un homme en deux.

– Tu ne peux l'affronter avec ton épée ? cria Gaveth par-dessus son épaule.

– J'en doute ! répondit Alder en tirant Lumière-qui-tombe de son étui.

Le martèlement des pattes du quig ne cessait de se rapprocher. Gaveth vira abruptement sur la droite pour emprunter un autre passage moins large.

– Que va-t-on faire ?

– Chercher des galeries plus petites ! répondit Alder. Assez étroites pour qu'il ne puisse pas nous suivre !

– Par ici !

Gaveth plongea dans un autre passage encore plus étroit. Le sol était jonché de bouts de roche tombés du plafond. Alder tituba. Dans les ténèbres, il était impossible d'éviter ces débris dangereux.

Le quig était toujours à leurs trousses. Alder pouvait entendre le bruit de ses griffes raclant la pierre alors qu'il se frayait un passage dans l'étroit tunnel.

– Pas de doutes, on l'a ralenti, remarqua Alder. Mais pas assez.

– Voilà un conduit d'aération, dit Gaveth d'une voie aiguë et terrifiée. Ça peut le faire.

Il désignait un trou creusé dans le plafond et une échelle de bois qui y menait.

Gaveth bondit sur l'échelle et se mit à grimper, Alder à sa suite. C'est alors qu'Alder constata que l'échelle était rongée par les vers. Gaveth était si léger qu'elle pouvait supporter son poids. Mais le Bedoowan était bien plus lourd, et le bois ne cessait de craquer et de ployer sous ses pieds.

Bam !

Le quig heurta le fond du conduit d'aération, faisant vibrer l'échelle. Alder redoubla de vitesse.

Au-dessus de lui, Gaveth disparut. Il avait atteint le sommet.

– Dépêche-toi ! lui lança-t-il, sa lampe frontale s'encadrant dans l'ouverture.

Plus qu'un petit mètre...

Maintenant, l'échelle oscillait d'avant en arrière. Un relent abominable de viande faisandée s'éleva dans le tunnel de pierre, charriée par le courant d'air. Alder baissa la tête. Le quig remontait le conduit !

Il n'aurait jamais cru qu'une bête aussi grosse pouvait s'y introduire. Mais il était là, ses yeux jaunes rivés sur Alder, progressant centimètre par centimètre.

Au moment même où le Bedoowan atteignait le sommet, un barreau céda sous son pied. Alder sentit son estomac remonter dans sa gorge tandis qu'il basculait dans le puits.

D'un bond, il tenta d'atteindre le sommet. Il rata son coup, mais ses doigts se refermèrent sur le barreau et il resta là, les jambes dans le vide.

Clac! Clac! Les crocs du quig cherchaient à l'attraper.

Maintenant, c'était au tour du barreau de lâcher. Alder sentit une pointe de panique l'envahir. Il était fichu!

Au moment même où le barreau cédait, une main se referma sur son poignet. Celle de Gaveth. Pour un gamin maigrichon, il ne manquait pas de force!

Gaveth fit un bond sur le côté pour se mettre en travers du conduit.

– Tiens bon, grogna-t-il.

– Je tiens bon, je tiens bon!

Alder lutta jusqu'à ce qu'il réussisse à passer un pied sur le sol de la galerie. De là, il put se hisser hors de portée du monstre.

– Merci, dit faiblement Alder, à bout de souffle.

– Et maintenant? répondit Gaveth en regardant le quig, qui continuait sa progression laborieuse.

Alder tira Lumière-qui-tombe et frappa le quig. Son premier coup entailla sa chair jusqu'au sang. Le monstre rugit et se tordit, glissant de quelques dizaines de centimètres.

– Bien joué! s'écria Gaveth. Frappe-le encore!

Mais cette fois, lorsque Alder tenta d'embrocher la bête, elle repoussa sa lame d'un coup de patte.

Alder continua d'agiter son épée. Au moins, il empêchait le quig d'avancer. Problème: il n'arrivait plus à l'atteindre. Et dans l'air lourd et humide de la mine, il savait qu'il ne pourrait pas continuer comme ça indéfiniment.

– Je ne… crois pas… pouvoir… l'arrêter, hoqueta-t-il.

– Alors il faut qu'on file.

Le passage qu'ils venaient d'aborder n'était pas assez étroit pour contenir le quig. Et comme celui d'en bas, il était jonché de bouts de roche dont certains étaient aussi gros que la tête d'Alder. De toute évidence, cette partie de la mine était très ancienne. Les poutres qui étayaient le plafond étaient affaiblies par l'âge.

Alder continua de frapper le quig.

– On n'y arrivera jamais, dit-il.

– Un instant ! reprit Gaveth. J'ai une idée. Si on abat les étais, on peut provoquer un éboulement. Comme ça, le quig sera coincé de l'autre côté !

– Excellent ! répondit Alder.

– Là ! reprit Gaveth en désignant les ténèbres. Cette poutre a l'air déjà sur le point de s'effondrer !

Alder suivit Gaveth dans les profondeurs de la galerie. Le Milago s'empara d'une des poutres.

– Aide-moi !

Alder obtempéra. La barre de bois se cassa facilement. Les deux garçons firent un bond en arrière, mais il ne se passa rien de particulier. Un petit filet de poussière tomba du plafond. Et ce fut tout.

Gaveth se retourna pour regarder le conduit d'aération, où le quig venait de poser une griffe.

– Essayons encore, dit Alder. (Il se jeta contre une autre poutre, épaule en avant.) Aide-moi !

Gaveth se mit également à pousser, jusqu'à ce que la poutre cède dans un grondement d'outre-tombe.

Et une fois de plus, le résultat fut décevant. Quelques cailloux tombèrent du plafond. Rien de plus.

Gaveth se tourna à nouveau vers le conduit d'aération. Le mufle du quig apparaissait dans l'étroit espace et ses pattes puissantes le propulsaient vers le haut.

— Il faut qu'on s'enfuie ! dit Gaveth.

— Non, reprit Alder. Notre seule chance est d'abattre un autre étai.

— Ne fais pas l'idiot !

— C'est ça ou rien ! rétorqua Alder, posant son épaule contre une autre poutre. Fais-moi confiance.

— Faire confiance à un Bedoowan ? rétorqua Gaveth. Je ne sais pas.

Un instant, Alder crut qu'il plaisantait. Mais il constata vite que le Milago était très sérieux.

— Vas-y ! s'écria Alder.

— Pas besoin de crier, répondit Gaveth.

Il passa ses bras autour de la poutre et tira. Il réussit à la déplacer de quelques centimètres, mais elle heurta quelque chose et resta coincée.

Le quig avait atteint le rebord. Dans quelques secondes, il serait sur eux.

— Laisse tomber, lança Alder. Fuyons !

Ils tournèrent les talons et se mirent à courir. Mais ils n'allèrent pas bien loin. Alder s'immobilisa, bouche bée. Droit devant eux, il n'y avait qu'un mur de pierre. Ils étaient dans un cul-de-sac !

— Non ! s'écria Gaveth en martelant la pierre de ses poings. Non !

Derrière eux, il y eut un raclement et un choc sourd. Les deux garçons se retournèrent. Maintenant, le quig s'était hissé dans la galerie. Ses flancs se soulevaient sous l'effort et du sang coulait de son mufle que l'épée d'Alder avait entaillé.

Maintenant, il n'était plus si pressé. Ses yeux jaunes ne quittaient pas Alder et, à chacun de ses pas, sa crête osseuse égratignait le plafond.

Crrr ! Crrr ! Crrr !

À part ce grincement, le seul bruit qu'Alder pouvait entendre était les battements de son cœur.

Le quig venait d'atteindre la poutre qu'Alder et Gaveth avaient tenté de déloger.

Crrr !

Une des pointes de sa crête se coinça contre une des barres de bois. Furieux, le quig bondit pour se dégager. La poutre émit un craquement. Inquiet, le monstre jeta un regard en arrière.

C'est alors qu'un grondement terrible envahit la galerie, comme si le sol lui-même se déchirait. Puis le plafond s'éboula dans un fracas plus fort et plus effrayant qu'un coup de tonnerre.

Tout d'un coup… le quig avait disparu ! Il ne resta plus qu'un amas de roche noire et un nuage de poussière étouffante.

Alder regarda Gaveth, et ses yeux, grands et ronds comme des pièces d'or, se posèrent sur lui. Le silence retomba.

– Hourra ! s'écria Gaveth !

– On a réussi ! renchérit Alder. On l'a tué !

Ils se jetèrent dans les bras l'un de l'autre en sautant de joie.

Puis ils s'arrêtèrent. Alder regarda autour de lui. Son estomac se crispa. Il ne vit rien… que de la pierre. Ils étaient pris au piège !

— Il reste encore une question. Puisque tu es un Milago et un expert en forage, dis-moi : comment va-t-on sortir de là ?

Gaveth regarda à son tour autour de lui.

— Je n'en ai pas la moindre idée.

CHAPITRE 10

Alors que la poussière retombait, Alder scruta la galerie. Pas de doutes, ils étaient bien pris au piège. Les débris qui avaient écrasé le quig les avaient également emmurés dans un espace guère plus grand que la chambre d'Alder au château.

– Aïe, fit Gaveth, croisant son regard.

– Il nous reste combien de temps avant de manquer d'air? demanda Alder.

Le Milago secoua la tête.

– Je ne sais pas. Il va falloir creuser.

Alder regarda l'amas de pierres. Il s'élevait jusqu'au plafond. Certains fragments de roche étaient aussi gros que lui. Pourraient-ils seulement les *déplacer*?

– Et si on ne fait que provoquer un autre éboulement?

Gaveth leva un sourcil.

– Alors on mourra un peu plus vite.

– Pardon.

Il y eut un long silence, le plus absolu qu'Alder ait jamais entendu. Tandis qu'ils restaient là, osant à peine bouger, la flamme de la lampe frontale de Gaveth se mit à vaciller.

– Oh, non, dit-il.

Alder se mit à trembler. Tous ses sens semblaient affinés. Un petit caillou tomba le long de la pile. Des ombres dansèrent sur les murs : la flamme agonisait.

– Alors c'est la fin, hein ? demanda Gaveth.

Alder sentit un jet d'air frais caresser son visage. Une sensation étrangement réconfortante, comme une douce brise d'été.

Soudain, une idée le frappa.

– Tu ne sens pas un courant d'air ?

Gaveth haussa les épaules d'un air morose. Puis il écarquilla les yeux et sourit.

– Un instant…

– Il y a forcément un passage au-dessus de nos têtes, et c'est là que passe ce courant d'air. Au lieu de déblayer le chemin, on peut peut-être passer par le haut.

Gaveth se déplaça prudemment sur la gauche.

– L'air vient de cette petite fissure, déclara-t-il en désignant un trou noir entre deux rochers.

– Vas-y.

– Fais-moi la courte échelle.

Le Milago inspira profondément, puis, avec l'aide d'Alder, s'infiltra dans la fissure. Son torse ne tarda pas à disparaître. Seuls ses pieds dépassaient de l'orifice. Comme son compagnon avait emporté la lampe, Alder avait à peine assez de lumière pour voir ce qu'il faisait.

La pierre grogna. De la poussière tomba sur les cheveux d'Adler. « Tout peut s'écrouler d'une seconde à l'autre », pensa-t-il. Les pieds de Gaveth disparurent à leur tour.

Le cœur d'Alder battait la chamade. Les murs semblaient prêts à se refermer sur lui. Il se retrouvait dans des ténèbres épaisses.

Il entendait Gaveth se frayer un chemin à travers la fissure.

– Je vois une galerie ! lança-t-il.

– Tu crois pouvoir y arriver ?

– Je pense. Suis-moi !

Alder s'infiltra à son tour dans la fissure. Ce fut moins facile que pour Gaveth. Comme ce dernier avait de la lumière, il pouvait voir où il allait. Et il était bien plus petit que le chevalier Bedoowan.

Des arêtes rocheuses lui écorchèrent le dos alors qu'il continuait sa progression. L'espace ne cessait de se rétrécir. Il roula légèrement sur lui-même pour passer sur le flanc. Centimètre par centimètre, il avançait toujours. Un instant, il resta coincé. Une panique irrésistible monta en lui. Il se tortilla dans tous les sens.

Soudain, la fissure s'élargit suffisamment pour qu'il puisse à nouveau se servir de ses mains. Il vit de la lumière au-dessus de lui. Faible, chancelante. C'était Gaveth qui le regardait !

– Tu y es presque, Alder ! cria-t-il. Encore un petit effort.

Alder réussit enfin à se dégager. Il s'adossa contre le mur d'une petite galerie pour reprendre son souffle. Le plafond était si bas qu'il dut s'accroupir. Mais après la crevasse dans laquelle il avait dû ramper, le tunnel ressemblait au grand hall du château du roi Karel. Un sentiment de soulagement monta en lui.

Lorsqu'il eut repris son souffle, il dit au Milago :

– Je présume que tu n'as toujours pas la moindre idée de l'endroit où on se trouve ?

– Non, répondit le garçon en regardant autour de lui.

La lumière de sa lampe faiblissait de plus en plus. L'étroite galerie était en pente et le sol glissant. Ses murs étaient imprégnés d'humidité.

– Hé, s'écria Alder, il y a une lumière là en bas ! Gaveth !

Il s'avança prudemment sur la descente...

Tout d'un coup, le sol céda sous ses pieds. Il se retrouva à dévaler la pente, fonçant vers un puits de ténèbres. Sans la moindre lumière pour éclairer les prises ou les aspérités, il ne pouvait retenir sa chute. Ses bras et ses jambes cognaient contre les parois rocheuses et, en un instant d'épouvante, il sut avec certitude qu'il allait se tuer.

C'est alors qu'il atterrit sur le dos avec un choc sourd. Il resta là, à fixer le vide. D'une chambre adjacente lui parvenait juste assez de lumière pour qu'il puisse y voir. Là, au-dessus de sa tête, une étoile était gravée dans le mur.

– On l'a trouvée ! cria-t-il.

Soudain, une lumière jaillit de la salle voisine, si vive qu'elle éblouit Alder. Un homme se découpa en contre-jour sur ce halo brillant faisant de lui une simple silhouette noire. Il brandissait à deux mains une grande épée qu'il levait vers le plafond.

– Yaaaah ! hurla-t-il.

Puis il abattit sa lame sur Alder.

CHAPITRE 11

Pris par surprise, Alder crut que son agresseur allait lui fendre le crâne.

Mais au moment même où la lame allait frapper, elle s'immobilisa. Il y eut une pause très brève, puis l'inconnu à l'épée retourna dans la lumière.

– Désolé, dit-il.

Maintenant qu'il était visible, Alder découvrit qu'il s'agissait d'un homme grand et sympathique, un large sourire étirant ses lèvres.

– Lorsque j'ai entendu tous ces bruits, j'ai cru que tu étais un quig!

Et il éclata de rire tout en rengainant son épée.

Alder se redressa prudemment. Après cette chute le long du couloir, il avait l'impression de n'être plus qu'une plaie.

Tout sourire, l'homme lui tendit la main.

– Je m'appelle Press. Si je ne m'abuse, tu es Alder, l'élève de Wencil?

Alder prit sa main. Press le tira sans effort pour l'aider à se remettre sur pied. Il était vêtu comme un chevalier Bedoowan, mais Alder ne l'avait jamais vu au château.

Press leva les yeux vers la galerie.

– Ah, si ce n'est pas le jeune Gaveth !

– On se connaît ? demanda le Milago.

– J'ai bien connu ton père, répondit-il. Avant qu'il ne se tue dans la mine.

Alder se tourna vers Gaveth.

– Ton... ton père ? Alors quand tu parlais de ces enfants qui meurent de faim parce que...

Gaveth détourna les yeux :

– Je suis assez grand pour travailler dans la mine. On s'en sort.

– Gaveth, reprit Press, tu veux bien nous excuser un instant ? On a des choses à se dire, Alder et moi.

Gaveth acquiesça. Alder suivit l'homme aux cheveux noirs dans la salle d'à côté. Elle était illuminée par le même genre d'éclairage qu'à l'intérieur du château.

– Assieds-toi, dit Press en désignant une grosse pierre posée dans un coin de la pièce.

Alder obéit.

– J'ai bien des choses à te raconter, reprit-il. Mais d'abord, je dois te donner quelque chose.

Il tendit la main. En son centre, il y avait un petit anneau d'argent avec une pierre au milieu. Tout au long de ses bords étaient inscrits de petits symboles en une langue qu'Alder ne put reconnaître.

Il tendit la main et le prit.

– Qu'est-ce que c'est que cette histoire ? demanda-t-il en passant l'anneau à l'index de sa main droite.

– Cela signifie que tu es un Voyageur, répondit Press, comme moi. Laisse-moi t'expliquer ce que ça signifie...

CHAPITRE 12

Il était tard dans la nuit lorsque Alder franchit le mur pour entrer dans la ville qui entourait le château. Il s'arrêta chez Wencil. La maison était plongée dans l'obscurité. Lorsqu'il frappa à la porte, personne ne lui répondit.

Il continua donc jusqu'au château puis regagna sa petite chambre humide. Alors qu'il allait passer la grande porte, un des gardes lui dit :

– Viens avec moi, Alder. Le roi requiert ta présence.

Alder ouvrit de grands yeux. Un instant, il se demanda s'il avait bien entendu. Le roi ? Le roi Karel ?

– Vous voulez dire…

Mais le garde se détourna avant qu'Alder ne pût finir sa question pas très finaude. Le garçon rougit et le suivit en se sentant très bête.

Ils franchirent l'entrée donnant sur les appartements du roi. Où que se porte son regard, des objets faits d'azur pur luisaient dans la faible lumière. Il n'était encore jamais venu ici. Cet endroit était splendide.

Vu l'heure tardive, les salles étaient désertes. Le seul bruit était celui de leurs pas.

Finalement, le garde atteignit une lourde porte de bois. Il frappa, puis l'ouvrit en grand et dit :

– Il est là, Monseigneur.

Alder hésita.

– Vas-y ! fit le garde d'une voix rogue. Le roi t'attend !

Alder entra. Tout au bout de la pièce, il vit deux silhouettes debout à côté d'un lit. L'une se retourna – c'était un vieil homme à la longue barbe blanche. Le roi Karel.

Alder fit une révérence.

– Votre Majesté, dit-il nerveusement.

– Viens, répondit le roi.

Ses yeux étaient d'un bleu saisissant et son visage arborait une expression bienveillante.

En s'approchant, Alder reconnut le second homme. C'était Mallos, le chancelier du roi. Son visage était caché par les ténèbres, et seul un œil d'un bleu très pâle était visible.

– Ton maître est très malade, reprit le roi Karel.

Alors seulement, Alder vit que Wencil était allongé sur le lit. Ses traits étaient tirés, son visage hagard, ses yeux clos.

– Wencil ! s'écria Alder. Que s'est-il passé ?

– Laisse-le se reposer, dit doucement Mallos.

Le roi Karel posa sa main sur l'épaule d'Alder.

– Comme tu dois le savoir, Wencil fut mon instructeur. Il était à peine plus âgé que moi. Mais c'était le meilleur bretteur qu'on ait jamais connu. (Le roi eut un sourire triste.) Et un excellent ami.

Mallos se tourna vers Alder :

– Le docteur du roi s'est occupé de lui. Mais il affirme que Wencil ne passera pas la nuit.

– Quoi !

Mallos hocha la tête.

– Apparemment, cela fait très longtemps qu'il est malade.

– Mais… il ne m'a jamais dit…

Alder sentit un poids écrasant peser sur ses épaules. Pour la première fois de sa vie, durant ces six derniers mois, il avait eu quelqu'un à qui s'attacher, il s'était senti chez soi. C'était ce que devait ressentir quelqu'un qui a une famille. Un sentiment qu'il n'avait jamais connu.

Et maintenant… il allait le perdre ? Ce n'était pas possible ! Pas juste !

– Je suis désolé, dit le roi. Je voulais te faire mes condoléances en personne. Wencil était un instructeur assez pointilleux. Il n'enseignait qu'à des sujets particulièrement prometteurs. S'il t'a choisi…

Particulièrement prometteurs ? Vu la façon dont Wencil ne cessait de l'asticoter, on aurait dit qu'il ne faisait jamais assez d'efforts, qu'il n'était jamais assez doué, assez brave ou assez expérimenté. Il devait y avoir une erreur quelque part.

Le roi Karel regarda son chancelier.

– Qu'en dis-tu, Mallos ? Le moment est-il venu ?

« Le moment de quoi ? » se demanda Alder.

– Pendant qu'il est encore en vie, répondit Mallos.

Le roi acquiesça d'un air pensif. Puis il se tourna vers Alder :

– À genoux, mon garçon.

Alder ne comprenait pas. Que se passait-il ? Mais lorsque le roi donnait un ordre, on ne posait pas de questions. Il obéit donc.

Le monarque tira son épée, incrustée de magnifiques pierres précieuses.

– Alder, élève de Wencil, je te nomme pair du royaume, dit-il d'une voix douce et râpeuse. Par la présente, je te fais… *chevalier*!

Alder n'arrivait pas à y croire. Ici? Maintenant?

Une vague de soulagement et de gratitude l'envahit. Il avait déjà entendu ces mêmes mots, lorsque d'autres garçons devenaient chevaliers. Et dire que le roi en personne les prononçait maintenant… et ici! Dans ses propres appartements!

Le roi tapa de son épée sur chacune des épaules d'Alder. Au grand étonnement du jeune homme, il y mit de la force. Chaque coup fut douloureux.

– Lève-toi, chevalier, dit le roi.

Wencil remua dans son lit. Avait-il entendu la cérémonie? Était-il ému de voir qu'un de ses élèves était devenu chevalier?

Alder sentit ses larmes couler. Toutes ses émotions étaient à fleur de peau et ses jambes en coton.

Le roi Karel lui serra l'épaule.

– Je m'excuse, jeune chevalier. Je resterais volontiers, mais je ne suis pas en très bonne santé, moi non plus.

Il eut un sourire triste et sortit de la pièce. Sa démarche était lente, et Alder remarqua qu'une de ses mains tremblait sans qu'il puisse la contrôler.

Puis il s'en alla.

– C'est la fin d'une époque, déclara Mallos. Je crains que l'ère des grands héros ne se termine. Le roi Karel et Wencil étaient les derniers de leur espèce.

Alder regarda le chancelier. C'était un homme mince de très grande taille, aux lèvres pincées. Contrairement à la majorité des Bedoowan, il avait l'air d'un véritable guerrier.

Un moment, le chancelier garda le silence. Wencil inspira longuement. On aurait dit qu'il devait lutter simplement pour respirer.

– On ne peut vraiment rien faire ? demanda Alder. Les docteurs ne peuvent…

– Il est trop tard pour ça, répondit Mallos.

Wencil eut encore une longue inspiration.

– Reste avec lui, Seigneur Alder, reprit Mallos. Il tenait beaucoup à toi. Maintenant qu'il vit ses derniers instants, fais-lui savoir que tu as compris ce qu'il t'a enseigné.

Et Mallos s'en alla sans un mot de plus, laissant Alder dans le noir.

CHAPITRE 13

Après les funérailles de Wencil, Alder se sentit perdu. Il n'avait plus rien à faire, sinon monter la garde inutilement aux portes du château. Il n'avait pas d'amis. Il n'avait personne avec qui s'entraîner. Maintenant, il était un chevalier. Mais tout le monde s'en moquait.

Comme toujours, il maintenait les apparences, faisant de son mieux pour être joyeux, serviable et amical. Mais cela n'avait pas le moindre effet. Il restait un étranger.

Et sa conversation avec Press? Elle semblait bien lointaine et plutôt ridicule. Toutes ces histoires de Halla, de destinée et de grand conflit entre le bien et le mal? Depuis ce jour, il ne s'était rien passé. Il gardait des portes par lesquelles personne n'entrait jamais. Il faisait le tour du terrain de manœuvres. Ainsi, il était un Voyageur. Cela voulait-il seulement dire quelque chose? Tout cet épisode commençait à s'effacer de sa mémoire, comme un rêve, comme une plaisanterie cruelle.

Comme si on lui avait offert un bref moment de bonheur que, maintenant, on lui arrachait.

Puis, un jour où il retournait dans sa chambre, à sa grande surprise, il trouva un homme assis sur son lit.

C'était Mallos, tout de noir vêtu, comme à son habitude.

Alder le regarda fixement.

— Je m'excuse de m'être introduit dans ta chambre, dit le chancelier.

— Ce n'est rien, Monseigneur, répondit Alder en s'inclinant. Est-ce que… ai-je fait quelque chose de mal ?

Les lèvres minces de Mallos s'étirèrent en un sourire qui se fana aussitôt. Ses yeux d'un bleu glacial l'étudièrent un instant.

— Moi aussi, dit-il, je sais ce que c'est d'être seul. Sans but ni direction. Sans connaître de liens familiaux ou même d'amitié.

— Monseigneur ?

Mallos acquiesça.

— Tu sais, Wencil avait raison. Tu es vraiment un garçon au potentiel énorme. J'ai toujours gardé un œil sur toi.

Cette déclaration surprit Alder. À l'exception du soir de la mort de Wencil, ils ne s'étaient jamais parlé.

— Vraiment ?

Le chancelier Mallos se pencha vers Alder comme s'il allait lui confier un secret.

— Les chevaliers du château sont une bande de bons à rien. Mais certains en valent la peine. Tous les membres de la garde royale sont de braves gens.

Alder ne voyait pas où il voulait en venir. Pourquoi le chancelier racontait-il tout ça dans la chambre d'un jeune homme qui avait été adoubé chevalier trois semaines plus tôt ?

— Cela te plairait-il de les rejoindre ? continua Mallos. Tu seras sous mon commandement personnel.

Alder le regarda fixement. Mallos eut un sourire.

– Je prends ça pour un « oui ». (Il se leva et se dirigea vers la porte d'un pas vif.) Aux premières lueurs du jour, présente-toi à la salle des gardes.

– Merci, Monseigneur ! bégaya Alder.

Le chancelier s'arrêta sur le pas de la porte.

– N'oublie pas, Seigneur Alder. (Il tapota le rebord de son nez de son long doigt.) Quoi que tu fasses, où que tu ailles, je t'ai à l'œil.

Et il s'en alla. Alder se mit à tourner comme un lion en cage dans sa chambre, sentant bouillonner en lui un mélange d'excitation et de nervosité. C'était si inattendu qu'il ne savait que penser. La garde royale ? C'était l'élite de l'élite !

Il se sentit pris de vertige. Ces derniers temps, tout avait changé. La garde royale, la mort de Wencil, cette histoire de Voyageurs... et maintenant, l'attention subite que Mallos lui portait. Difficile d'y trouver la moindre logique.

De Mallos, Alder n'avait jamais entendu dire que du mal. Cruel, méchant, traître – toute sorte de choses. Et pourtant, voilà qu'il faisait preuve de bonté envers Alder. Peut-être n'était-il pas si mauvais. Peut-être était-il juste incompris. Peut-être – eh bien, il finirait par le découvrir tôt ou tard, non ?